水淹七軍‧火燒連營

④

萌漫大話三國演義

繪時光 編繪

野人

Graphic Times 49

水淹七軍・火燒連營
4
萌漫大話三國演義

編　　繪　繪時光

野人文化股份有限公司
社　　長　張瑩瑩
總 編 輯　蔡麗真
副 主 編　徐子涵
責任編輯　余文馨
專業校對　魏秋綢
行銷經理　林麗紅
行銷企畫　李映柔
封面設計　彭子馨
內頁排版　洪素貞

出　　版　野人文化股份有限公司
發　　行　遠足文化事業股份有限公司 (讀書共和國出版集團)
　　　　　地址：231 新北市新店區民權路 108-2 號 9 樓
　　　　　電話：（02）2218-1417　傳真：（02）8667-1065
　　　　　電子信箱：service@bookrep.com.tw
　　　　　網址：www.bookrep.com.tw
　　　　　郵撥帳號：19504465 遠足文化事業股份有限公司
　　　　　客服專線：0800-221-029
法律顧問　華洋法律事務所　蘇文生律師
印　　製　凱林彩印股份有限公司
初版首刷　2023 年 10 月

國家圖書館出版品預行編目（CIP）資料

萌漫大話三國演義 . 4: 水淹七軍 . 火燒連營
/ 繪時光編繪 . -- 初版 . -- 新北市 : 野人文化
股份有限公司出版 : 遠足文化事業股份有
限公司發行 , 2023.10
　面 ；　公分 . -- (Graphic times ; 49)
ISBN 978-986-384-958-2(平裝)

1.CST: 三國演義 2.CST: 漫畫

857.4523　　　　　　　　　1120117189

萌漫大話三國演義 (4)

線上讀者回函專用
QR CODE，你的寶
貴意見，將是我們
進步的最大動力。

野人文化　　野人文化
官方網頁　　讀者回函

水淹七軍·火燒連營

4

萌漫大話三國演義

第 1 章
智取漢中

第 2 章
水淹七軍

第 9 章
諸葛亮南征

第 1 章
智取漢中

❧ 奪糧草 ❧

我們在上一集說到老將黃忠力斬夏侯淵。劉備聽到消息以後大喜，加封黃忠爲征西大將軍，爲他設宴慶祝。這個時候，大將張著來報。

報，曹操自領軍馬二十萬來爲夏侯淵報仇。今張郃在米倉山搬運糧草，要移到漢水北山腳下。

張著

諸葛亮聽完報告後分析道，曹操大兵壓境，這是怕糧草不夠。現在我們需要一個人深入敵後把糧草燒了，切斷曹操的後勤供給，讓他不戰自敗。

你可以與趙雲趙子龍一起領兵前去，互相商量，看誰能立功。

得令！

趙雲和黃忠即日啟程。趙雲問黃忠有什麼好辦法，黃忠說，你在家等著便是，我去把糧草給劫了。趙雲不同意，兩個人發生爭執。

我是主將，你是副將，你得聽我的。

那可不行，我們都是為主公出力，分什麼主將副將。

我歲數還比你大呢，你得尊重老人。

那這麼說你還得愛護晚輩。

兩個人爭執不下，趙雲說我們別吵，要不抽籤吧，誰抽中誰就先去。結果是黃忠抽中了籤。

哈哈，運氣來了誰也擋不住啊。子龍，這沒辦法哈！

當夜黃忠率領人馬在前，張著在後面，偷過漢水到達北山腳下。此時東方日出，只見糧草堆積如山。只有些許士兵看守，他們見黃忠趕到，早嚇得四散而逃。

黃忠叫兵將下馬，取柴禾堆在糧米之上，剛要放火，張郃帶著兵馬趕到，雙方混戰在一起。張郃派士兵趕緊報告曹操，曹操命令徐晃火速前來接應。於是，張郃和徐晃包圍黃忠，黃忠見事態不妙，拼命廝殺。張著引三百軍馬逃脫，沒想到半路上被曹操的大將文聘攔截，又陷入重重包圍。

我們再說趙雲，抽籤沒抽中的他只能在營中待著，眼看到了午時也不見黃忠回來，他心想這下糟了，趕緊披掛上馬，引三千軍馬去接應。

老黃頭這是被困了，我得去救他。

趙雲挺槍疾行之時，前面閃出一員大將，是文聘的部將慕容烈。這慕容烈拍馬舞刀攔住趙雲，一個照面就被趙雲一槍刺死了。

我是誰已經不重要了。

慕容烈

你是誰？
啊……

曹兵被嚇了一跳，這是哪來的虎將啊，一個回合不到就把大將給刺死了，我們趕緊跑吧。趙雲拍馬殺入重圍，又被曹操的大將焦炳攔住。

黃將軍在哪裡？

哈哈，都被我們殺光了。

焦炳

趙雲一聽，你也不好好回話啊，衝上去一槍把焦炳刺於馬下。

看你還敢不敢笑！

趙雲快馬加鞭，直接殺到北山腳下。見張郃和徐晃兩個人圍著黃忠廝殺，黃忠漸漸不支，趙雲大喝一聲，殺入重圍。趙雲那槍渾身上下若舞梨花，遍體紛紛，如飄瑞雪。張郃、徐晃心驚膽戰，不敢迎敵。

黃將軍，隨我走！

單槍匹馬拒漢水

趙雲救出黃忠，且戰且走。所到之處無人敢阻攔，就算阻擋也打不了一個回合就被殺死了。曹操在山坡上看見，問眾將軍他的名字，此時有人認出這是當年在長坂坡前的英雄趙雲。

都小心點，這傢伙在當陽長坂坡的時候就這麼厲害。

趙雲順便把張著也救下了，而曹操領著大隊人馬來追趕他。回到本寨，眾人見他身後塵土四起，知道是曹兵追來，部將張翼趕緊叫大家躲起來。

休閉寨門！想當年在當陽長坂坡，我單槍匹馬，覷曹兵八十三萬如草芥！今有軍有將，更不怕他們了！

趙雲選拔弓弩手在寨外壕中埋伏，營內旗槍都放倒，金鼓不鳴，趙雲單槍匹馬立於營門之外。卻說張郃、徐晃領兵追至蜀寨，天色已暮；見寨中偃旗息鼓，又見趙雲獨自立於營外，寨門大開，二將不敢前進。

張郃和徐晃正在嘀咕的時候，曹操騎馬趕到。他叫軍馬向前殺向趙雲，趙雲把槍一招，壕中弓弩齊發。當時天色昏黑看不清楚，曹兵躲避不及被射殺不少。曹操看狀況不妙，撥馬就走。

曹兵自相踐踏，擁到漢水河邊，落水死者不知其數。趙雲、黃忠、張著各引兵追殺。曹操棄北山糧草，忙回南鄭；徐晃、張郃紮腳不住也丟棄本寨而走。趙雲占了曹寨，黃忠奪了糧草，蜀兵所得軍器無數，大獲勝捷，差人去報玄德。

劉備打聽詳情，得知趙雲救黃忠拒漢水嚇跑曹操的事情，非常高興。

此情此景我吟詩一首：
昔日戰長坂，威風猶未減。
常山趙子龍，一身都是膽。

好詩！

❧ 智取漢中 ❧

曹操當然不能死心，他又開始派遣大軍，從斜谷小路殺來奪取漢水。這次曹操命熟悉本地地理的王平輔助徐晃來戰。

這徐晃沒把王平放在眼裡，他吩咐大軍紮營在漢水前面，根本不聽王平的勸說。徐晃渡過漢水，去找蜀兵挑戰。

黃忠跟趙雲商量，先避開徐晃的銳氣。等徐晃那邊的弓弩手射完箭，黃忠和趙雲左右出擊，兩下夾攻，徐晃大敗。軍士被逼入漢水，死傷無數。

徐晃拼命逃脫，回營沒處撒氣，就罵王平。

你說你搞什麼，我差點被弄死，你還不去救我！

我要是救你，我也沒命了。還有，你不聽我勸，非要在漢水邊上安營，怪我嗎？

徐晃生氣，想殺了王平。王平也不傻，趁著夜色帶著自己的兵馬放了一把火。曹兵大亂，徐晃嚇得奪路而逃。

> 你敢罵我，
> 我投奔劉皇叔去。

王平投靠劉備，徐晃回去跟曹操一說，曹操大怒，親率大軍來奪漢水寨柵。趙雲趕緊退到漢水之西，兩軍隔水相對。諸葛亮觀察地形，讓趙雲帶人馬設伏，只要聽到營中炮響就擂鼓，但不要出戰。曹兵前來挑戰，蜀兵營中一個人都沒出來，弓弩也不放。曹兵回去以後正打算睡覺，諸葛亮這邊叫軍士開始放號炮。趙雲馬上呼應，叫鼓角齊鳴。

> 軍師，我們這是要開同樂會啊？

> 盡量吵，吵死曹阿瞞，讓他失眠。

曹兵驚慌失措，趕緊穿衣起來，披掛上陣。可是到處都沒人啊。

可是曹兵剛回營休息，那邊號炮又響，鼓角又鳴。吶喊震地，山谷應聲。曹兵徹夜不安。

白天叫陣不出來，一到晚上就這麼鬧。一連三天，弄
得曹兵心慌，有的士兵實在是扛不住，抑鬱症都犯
了。曹操一看這怎麼行，仗你不打，你還這麼鬧事，
趕緊拔寨後退三十里，找個開闊處紮營。諸葛亮早就
料到曹操撤退，請劉備渡過漢水，背靠漢水紮營。曹
操一見，心裡也很疑惑，派人來下戰書。

他們這是
搞什麼鬼？

次日，兩軍會於中路五界山前，列成陣勢。劉備和曹
操見面，兩人話不投機互相謾罵。曹操被罵怒了，命
令徐晃出戰，劉備兵馬很快就敗退了。

誰抓住大耳賊，
就封誰當西川之王。

蜀兵望漢水而逃，盡棄營寨；馬匹軍器丟滿道上，曹軍爭相撿拾，於是曹操趕緊鳴金收軍。

曹操萬萬沒有想到的是，剛才潰敗的蜀兵，突然勇猛地殺了回來。玄德中軍領兵出戰，黃忠左邊殺來，趙雲右邊殺來。曹兵大潰而逃，諸葛亮率軍連夜追趕。

曹操傳令軍回南鄭，只見五路火起，原來魏延、張飛
分兵殺來，先得了南鄭。曹操心驚，望陽平關而走。

卻說曹操退守陽平關，叫探馬趕緊打探情報。探馬
說，蜀兵消失不見了。正疑惑的時候，又報張飛和魏
延分兵來劫糧草了。

誰去戰張飛？

我願意！

許褚

許褚引一千精兵，去陽平關路上護接糧草。解糧官見到他心裡高興，以爲見著許褚就安全了，於是將車上的酒肉獻與許褚。許褚痛飲，不覺大醉，便乘酒興，催糧車行。

行至半路，忽然山凹裡鼓角震天。爲首大將張飛挺矛縱馬，直取許褚。許褚舞刀來迎，卻因酒醉敵不住張飛；戰不數合，被一矛刺中肩膀，翻身落馬。

軍士急忙救起許褚，退後便走，不然許褚的小命就沒了。張飛盡奪糧草車輛而回。卻說眾將保著許褚，回見曹操。曹操令醫士為許褚療治金瘡，一面親自提兵來與蜀兵決戰。

那張飛醉酒，才把我肩膀刺傷的。

啊？這真是胡說八道啊……

曹操出去就被劉備給打了回來。他想堅守陽平關，蜀兵卻趕到城下，東門放火，西門吶喊；南門放火，北門擂鼓。曹操嚇壞了，棄關而走，蜀兵從後追襲。操正走之間，前面張飛引兵截住，趙雲引兵從背後殺來，黃忠又引兵從褒州殺來。

這仗怎麼打成這樣？難道要完蛋了嗎？

❀ 曹操吃雞肋 ❀

諸將保護曹操奪路而走。剛逃至斜谷界口，前面塵土忽起。曹操嚇得不行，這要是埋伏敵兵就沒得跑了，等兵士近了，曹操哈哈大笑起來，原來這隊伍是曹操的次子曹彰帶來的。

兒啊，有你來我放心了。

不過，在斜谷口駐紮的曹操待的時間一久，內心煩躁。想要進兵，蜀兵那邊又很難對付。想要收兵，還怕被蜀兵笑話。心裡猶豫不決的時候，廚師勸曹操吃飯。夏侯惇進來，稟請夜間口號，曹操隨口說雞肋二字。夏侯惇馬上傳令，今天晚上的口號是雞肋。

口號是雞肋！

雞肋？

嘿，今天的口號好特別啊。

行軍主簿楊修一聽，趕緊叫軍士收拾行裝，準備歸程。有人稟報夏侯惇，夏侯惇大驚，趕緊去問楊修怎麼回事？

什麼情況，你叫大家收拾行裝？

雞肋者，食之無肉，棄之有味。今進不能勝，退恐人笑，在此無益，不如早歸；來日魏王必班師矣。故先收拾行裝，免得臨行慌亂。

晚上曹操心慌意亂，睡不安穩，於是手裡拎著鋼斧出去溜達。見夏侯惇寨內軍士都在準備行裝，曹操大驚，趕緊問夏侯惇到底是怎麼回事。

楊修告訴我們的。

你們聽誰說的？

曹操一聽，非常生氣，喝令刀斧手把楊修殺了。

曹操是個小心眼，楊修偏偏耍小聰明，這可不單純是
猜中雞肋這件事情。曹操就算不說，楊修也知道他打
什麼壞主意，曹操心裡早生恨意。

曹操把楊修殺了，心裡舒服許多，以後自己心裡想什麼就沒有人能猜得透了。

你們說，能怪我殺他嗎？我也是沒有辦法的辦法。

但是還有一個跟著信謠傳謠的夏侯惇呢，曹操也得處理啊。夏侯惇暗地裡要眾人求情，這樣才不至於被曹操給殺了。

跪早了，我還沒說呢。

大王，饒了夏侯惇吧，他以後再也不傳謠了。

曹操命令夏侯惇出兵。次日，軍馬剛出斜谷口，就被魏延攔住去路。曹操喜歡魏延的武藝，當時就想將他招降過來。

你說要什麼待遇吧？不信你問大家，我對手下特別好。

剛把楊修給殺了，你騙鬼啊？

曹操叫龐德戰魏延。兩個人正在打鬥間，曹操大寨火起。有人報說是馬超劫寨。

報！馬超來劫寨了！

馬超這傢伙跟他爹一樣，太壞了。

曹操趕緊回軍，不料又遇到大將魏延。魏延一箭射過
來，直接把曹操射落馬下。

天啊！

幸虧龐德及時趕來，魏延才沒繼續補刀。這一箭正中
曹操的人中，幸虧被他的兩顆門牙擋下，門牙斷了，
人才沒死。

堂堂美男子，把我
射得破相了啊！

曹操捂著嘴巴後悔不及。這時候他才想到自己不該殺楊修啊，人家說得對，早點撤退就不至於跟兩顆門牙說再見了。

班師回朝！你們看看，我是不是變醜了？

沒事，原本那兩顆就是蛀牙。

建安二十四年秋七月，以馬超為首的一百二十餘名蜀漢官員聯名上疏〈立漢中王上表漢帝〉，勸劉備進位漢中王。劉備最終推辭不過，自立漢中王。曹操聽到後氣壞了。

呸！一個編草席的竟然稱王了，真不要臉！

謝謝啊！以下是我的就職演說，請各位捧場……

諸葛亮在漢中之戰擔任什麼職務?

　　諸葛亮在小說《三國演義》裡是劉備身邊的首席智囊,一直跟在劉備身邊,幫助他出奇制勝。比如在漢中之戰時,劉備全靠諸葛亮的計謀才取得勝利。但我們翻閱史料會發現,諸葛亮並沒有參加漢中之戰。是劉備覺得諸葛亮能力不足嗎?不是,是因為諸葛亮有更重要的事情要做。

你又不帶兵打仗,憑什麼管我們?

我是主公身邊的大管家,負責大家的食衣住行。

我不服。

　　在歷史上,諸葛亮在劉備陣營中並不僅僅是一名謀士,更是坐鎮後方的大管家。比如劉備進攻巴蜀時,留諸葛亮鎮守荊州;進攻漢中時,留諸葛亮鎮守成都。劉備不帶諸葛亮,不是因為諸葛亮能力不夠,而是恰恰相反,因為諸葛亮能力出眾,足以擔當安定後方、穩定人心、輸送軍糧、統籌兵甲的任務。劉備領兵主外,諸葛亮治政主內,這便是劉備欣賞及重用諸葛亮的原因。

軍師我錯了。

張將軍今天的午餐減半。

曹操殺楊修的真正原因是什麼?

　　曹操在小說《三國演義》裡因為「雞肋事件」殺死楊修,他也因為這件事被扣上「嫉賢妒能」的帽子。但我們翻閱史書會發現楊修是死在建安二十四年的秋天,而漢中之戰的時間是在建安二十四年春天。由此得出,「雞肋」事件並不是楊修的主要死因。

　　那曹操為什麼要殺楊修?首先,是曹操為了終止世家大族對政治的壟斷,而弘農楊氏正是世族的代表人物,殺死楊修就可以起到打壓世族的目的。其次,是楊修捲入世子之爭,在曹丕和曹植爭奪太子位的時候,楊修不但公開支持曹植,還揣度曹操用意,幫助曹植出謀劃策。後來曹丕派獲勝,自然要處理曹植派人物,這便是楊修被賜死的真正原因。

漢

　　小朋友們，這一回的文化小辭典要為大家講解「漢」這個字。它雖然只是一個字，但卻能組成很多詞。這是漢水的漢，也是漢中的漢，更是漢族的漢。想要知道這個「漢」字的祕密，我們就先從漢水開始講起。

　　漢水的名字是怎麼來的？要從天上的銀河開始談起。古人認為天上有銀河，而銀河又稱銀漢，於是就將地上的這條河取名為漢水。漢水在歷史上占據重要地位，與長江、淮河、黃河並列，合稱「江淮河漢」。

　　漢水旁邊有一座城，因為位於漢水之中，於是就叫漢中。西元前 206 年，劉邦被封漢王，其封地就在漢中。劉邦以漢中作為大本營，明修棧道，暗度陳倉，還定三秦，占領中原，兼併諸侯，打敗項羽，最終統一四海，君臨天下，而他建立的朝代便是漢朝。

漢朝是當時世界上最先進、文明的強大帝國，對此後中國的版圖、文化、政治、風俗都產生很大的影響。自漢朝以後，華夏民族逐漸被稱為漢族，也衍生出「好漢」「男子漢」「英雄漢」這些詞語。

　　正是因為漢朝的影響深遠，讓漢文化深入人心，所以漢室宗親劉備才立志要復興漢室，再現大漢盛世的輝光。劉備在漢中打敗曹操之後，也象徵著他有了和曹操爭雄天下的能力。雖然劉備的統一事業沒有完成，僅僅是三分天下，但人們出於對劉、關、張、諸葛亮、趙雲等英雄人物的喜愛，依舊將劉備建立的蜀漢視為漢朝正統的延續。

老將行
（節選）

少年十五二十時，步行奪得胡馬騎。
射殺山中白額虎，肯數鄴ˋ下黃鬚兒！
一身轉戰三千里，一劍曾當百萬師。
漢兵奮迅如霹靂，虜騎崩騰畏蒺ㄐ藜ㄌ。　　王維

　　〈老將行〉是唐代詩人王維創作的一首詩，全詩從一位老將的回憶視角開始寫起，從年少善戰到無功被棄，從壯心復起到立志為國，展現出一位將軍的心路歷程。此處所選的部分正是全詩第一部分，描寫的是老將在少年時英姿颯爽的氣魄。

　　詩中有大量用典，第四句「肯數鄴下黃鬚兒」，引用的便是三國時期曹操的兒子曹彰的故事。曹彰勇猛非常，臂力過人，據說能徒手和猛獸格鬥，他的面部長有黃鬚，因此被稱為「黃鬚兒」。在小說《三國演義》中，漢中之戰是曹彰第一次出場，曹操為了對抗劉備的義子劉封，特意調遣自己的兒子曹彰前來助戰。

　　曹彰年少時便胸懷大志，立志要成為衛青、霍去病那樣的人，掃平大漠，建功立業。王維在這首〈老將行〉中引用曹彰的典故，就是為了展現這位老將遠大的抱負與愛國之情。

三國好男兒，請投票給我！

竟然偷偷染了黃毛？

這是天生的！

原來是基因突變。

第 2 章

水淹七軍

進位漢中王

劉備自立漢中王，曹操得到消息以後非常生氣，本來想馬上再率大軍去征討劉備，此時主簿司馬懿出了個主意，曹操大喜。

因為這個荊州，東吳孫權對劉備恨之入骨。他不但把妹妹招了回來，還一直耿耿於懷。劉備在諸葛亮的幫助下跟孫權來回拉鋸，氣得孫權無計可施。不久前魯肅又去世了，原本的見證人不在，叫孫權更是一籌莫展。

曹操聽了司馬懿的計策，趕緊修書一封，叫部下滿寵爲特使，連夜趕去江東見孫權。孫權召集謀士出主意，張昭獻計說可以兵分兩路，一面答應曹操首尾相擊，一面派人過江看看關羽打什麼主意。

假如關羽態度夠好，我們就不跟曹操合作。

張昭

好，我只想要我的荆州。劉備那個賴皮就是不還。

孫權馬上派諸葛瑾去見關羽，這個時候的關羽早就結婚了，還生了一子一女，女兒還沒嫁人，孫權就派諸葛瑾去給自己的兒子提親。諸葛瑾見到關羽，把求親的事情說了。關羽一聽就生氣，說我家閨女是虎女，怎麼能嫁給孫權那個犬子，趕緊給我滾，滾得慢就殺了你。

你上門提親也不看看這門戶對不對？

關羽

諸葛瑾

諸葛瑾逃回來把事情原委一說，孫權眉頭一皺，看來這仗必須打了。但是也得看看曹操的誠意，不然我們上去打仗時如果曹操跑了，那不是把我們坑了？

可叫曹仁先動手，我們看情況。

對對，就這麼辦。

這邊曹操和孫權互相密謀，有探馬將情況飛報給另一頭的劉備。他找諸葛亮商量，諸葛亮早料到曹操會這麼辦。他出計策先發制人，首先出兵取曹操的樊城，這麼一來曹操的計謀自然就瓦解了。

趕緊通知二弟雲長。

諸葛亮

劉備

起兵取樊城

劉備派人緊急去荊州見關羽。關羽不關心別的,先問劉備封賞自己什麼官爵。使者告訴關羽,他是五虎將之首。那五虎將分別是關羽、張飛、趙雲、馬超和黃忠。關羽當下有點不高興。

別人我沒意見,黃忠那老頭怎麼能跟我為伍啊?我不同意。

將軍受漢中王厚恩,當與同休戚、共禍福,不宜計較官號之高下。願將軍熟思。

關羽雖為英雄,但是在這件事情上確實有些小心眼。他進攻樊城,曹仁大驚,想堅守不出,手下大將夏侯存和翟元不服氣,力勸出戰。

那關羽不好對付,我們最好別惹事。

那個老東西有什麼了不起,我一刀砍了他。

曹仁　夏侯存　翟元

43

雙方交戰，夏侯存見到關羽馬上來了精神，哇哇怪叫去戰關羽。一個回合不到，關羽「唰啦」一刀把夏侯存劈死在馬下。翟元嚇得趕緊逃跑，關平追上去一刀斬了他。曹仁一看，這兩個人一點戰鬥力都沒有啊。

不聽老人言啊，一戰就玩完啊！

關羽趁勢追殺，曹兵死傷無數。曹仁遇到關羽就是一個跑，他退守樊城，說什麼也不出去跟關羽打仗了。曹兵堅守不出，而曹仁只能寫信求救。

曹操封于禁爲征南將軍，加龐德爲先鋒，大起七軍前往樊城。這七軍皆北方強壯之士，兩員領軍將校：一名董衡，一名董超。曹操心裡十分高興，因爲于禁和龐德搭檔出戰，戰鬥力很充足。

問題是這麼一支驍勇之師，將帥卻不團結。龐德是一心一意，于禁則有自己的小算盤。尤其董衡和董超這對兄弟專會投其所好，兩人向于禁進讒言。

于哥，你率領七支軍隊去解樊城之圍，那是志在必得啊。你帶龐德幹什麼？

那龐德原來跟馬超好到共穿一條褲子，但馬超現在是劉備的五虎上將。

于禁

董衡

董超

沒錯，他還有個哥哥龐柔在劉備那當官。

對，那可不是。于哥，你趕緊去跟魏王說，換人！

于禁一聽，趕緊連夜去見曹操，把事情一說。於是曹操把龐德的先鋒印收回，龐德大吃一驚。

我倒不懷疑你，主要是手下這幫人說啥的都有。

某自漢中投降大王，每感厚恩，雖肝腦塗地，不能補報；大王為什麼要懷疑我啊？

抬棺上陣

曹操見龐德如此真誠，也被感動了，扶起龐德安慰他。

龐德被曹操的一番話感動，回家叫人做了一口木頭棺材。第二天他請朋友喝酒時，就把棺材擺在酒席上。

龐德的舉動震撼了現場的人，他誓要與關羽分出生死，於是跟自己的兒女和妻子交代了後事，鼓舞部將五百人勇往殺敵。曹操很快就得知情況，心裡大喜。

誓要與關羽
分出生死！

卻說關公正坐帳中，忽探馬飛報說曹操派于禁為大將，領著七支精兵來挑戰。尤其是前部先鋒龐德在軍前抬著一口棺材，口出不遜，非要跟將軍決一死戰。關羽一聽，勃然變色。

天下英雄聽到我的名字，哪個不害怕臣服？龐德算什麼東西，敢小瞧我。

爹爹息怒。

你們等我一會兒，我去收拾這傢伙！

關羽和龐德在陣前相遇，兩個人針鋒相對，在馬上打了一百多個回合，不分勝負，兩軍都看呆了。魏軍那邊鳴金收兵，關平也怕父親年長有失，於是也鳴金收兵。

人言關公英雄，今日方信也。

這龐德還真有兩下子。

❧ 放冷箭 ❧

龐德收兵回營，于禁來看他。于禁聽說龐德力戰關羽
一百多個回合也沒占到便宜，就勸說龐德退軍躲避，
但龐德堅決不同意。

來日與關羽共
決一死，誓不
退避！

真是不識
好歹。

第二天，關羽和龐德又戰在
一處。鬥了五十多個回合，
龐德撥馬拖刀而走。關羽隨
後追趕，關平怕有閃失，也
跟著趕去。

小樣，這是拖刀計，
我用過的招數。

其實龐德是做個假樣子給關羽看，他把刀在鞍轎掛住，偷偷把雕弓拽了出來，搭上箭，瞄準關羽射了出去。關平眼快，發現情況不妙趕緊提醒關羽，但喊聲還是晚了一步，龐德的冷箭一下子射中了關羽的左臂。

啊，拖刀計是假！

關平快馬趕到保護關羽，龐德勒住戰馬回來決戰。于禁一看龐德竟能射中關羽，這功勞不能讓他拿去啊，趕緊鳴金收兵。

關羽回到大營，拔了箭頭。關平心疼，幸好箭射得不深，忙將關羽的傷口用藥敷上了。

這于禁生怕龐德成功，就說魏王下令不准輕舉妄動，不肯動兵。于禁移七軍轉過山口，離樊城北十里，依山下寨把大路截斷，叫龐德屯兵於谷後，使他不能進兵成功。

我……我無言中……就怕豬一樣的隊友啊！

關平這段時間一直不出戰，目的就是希望關羽的箭傷早點痊癒。聽說于禁的七軍不但沒有發起進攻，還在樊城之北安下大寨，關平實在有點看不懂，於是趕緊請教關羽。

爹爹，這個于禁有點看不懂。

關羽和關平登高觀察，見樊城城上旗號不整，軍士慌亂，城北十里山谷之內屯著軍馬。看看襄江水勢很急，過了半晌，關羽笑了。

這十里山谷，叫什麼名字？

叫罾ㄗㄥ口川。

哇！有玄機啊！

哦，罾就是魚網的意思，于禁為「魚」，他若入網，豈能平安無事？

水淹七軍

當時正是八月，大雨嘩嘩地下了數日。關羽叫大家預備好船筏，收拾水具。關平不解，關羽則胸有成竹地微笑。

現在秋雨連綿，襄江之水必然泛漲；我已叫人擋住各處水口，待水發時，乘高就船，放水一淹……

爹爹厲害！

部將成何來見于禁，說軍隊駐紮在川口地勢太低，要移到高處，否則有被水淹的危險。

閉嘴！你懂什麼！無名小輩！

哼，我去和龐德說。

龐德聽後決定明天轉移，可是已經來不及了。龐德這邊還在制定搬家計畫，晚上就風雨大作，他在帳中聽得萬馬奔騰，大地都在轟鳴。他大驚失色，趕緊出帳查看，只見四面八方大水驟至，七軍亂竄，被波濤淹沒者不計其數。平地水深都有十公尺深，七軍瞬間所剩無幾。

別慌！
找小山避水。

于禁和龐德等人登上小山避水，到了天明，關羽率領軍馬搖旗吶喊，乘著大船而來。

投降吧，不然晚點就要被水淹死了。

于禁投降了，關羽把他抓起來，然後帶人圍攻龐德棲身的小山。

龐德、董超、董衡還有成何都被困在一個小土山上。因為夜裡匆忙逃命，兵將都沒有衣甲。關羽率兵前來，龐德毫無懼意，董超、董衡則戰戰兢兢。

聽董家兄弟這麼說，龐德怒目而視。董家兄弟還想鼓
動士兵投降，龐德立刻上前斬了兩人。

你們受魏王厚恩，表面上表決心，
關鍵時刻卻貪生怕死！殺了你們
兩條臭魚，免得攪得滿鍋腥。

啊！

龐德和眾人奮力抵抗，從早上殺到中午。關羽催促四
面加強進攻，一時間箭雨如蝗，守山的人越來越少。
成何和眾將士被龐德的英雄氣概感染，奮勇抵抗。關
羽一箭射死了成何。

眾軍一看大勢已去，全部都投降了，現在只剩下龐德
一人力戰。

寧死不屈！

龐德鎖定一艘小船，提刀飛身躍上小船，手起刀落，
十幾個人都不是他的對手，被他全部斬落水中。龐德
一手提刀，一手撐著小船，向樊城方向而走。這時，
上流一艘大筏急速衝過來，直接把龐德的小船撞翻
了。關羽一看，正是周倉。

周倉來也！

龐德落水，周倉水性極好，跳下水把龐德制服。可憐
于禁所帶的七軍大部分都被水淹死了，剩下的走投無
路，紛紛投降。後人有詩曰：夜半征聲響震天，襄
樊平地作深淵。關公神算誰能及，華夏威名萬古傳。

逮住了！

關羽大獲全勝，回到自己的大營升帳，叫人把于禁押上來。于禁一見到關羽馬上跪倒，祈求饒命。關羽叫人也把龐德押上來，龐德怒目而視，立而不跪。

關羽開口說你龐德的哥哥在我們漢中做官，你原本的主公馬超也是我們蜀中大將，所以你也該早點投降。龐德絲毫不領情，破口大罵。他罵不絕口，關羽大怒，叫人推出去斬殺了龐德。龐德在刑場上面不改色，伸著脖子受死。關羽搖頭嘆息，念這龐德也是英雄，命人將他埋葬。

樊城周圍白浪滔天，眼看城牆都要浸泡塌了，曹軍眾將無不喪膽。曹仁也想棄城逃跑，但在滿寵的勸諫下仍繼續守城。

關羽在戰船上好不威風，他率軍攻打樊城。

歷史上關羽的坐騎其實不是赤兔馬？

　　提起關羽，許多人首先想到的都是他身騎赤兔馬，手拿青龍偃月刀的威武英姿。我們在前面已經提過，歷史上關羽的兵器應該不是青龍偃月刀，在此還要告訴各位小朋友，歷史上的關羽其實也不騎赤兔馬。在小說《三國演義》裡赤兔馬原本是呂布的坐騎，曹操擒殺呂布之後將赤兔馬送給關羽。呂布騎赤兔馬是有史料紀錄的，《三國志·呂布傳》記載：「布有良馬曰赤兔。時人語曰：『人中有呂布，馬中有赤兔』。」關於赤兔馬的歷史記載僅有這些，而正史並沒有曹操送赤兔馬給關羽的紀錄。

　　此外，小說中赤兔馬的年齡也不太合理。《三國演義》裡，赤兔馬是在西元 190 年登場。假設當時赤兔馬 5 歲；西元 219 年關羽敗走麥城為吳國所殺時，赤兔馬絕食而死，大致計算一下，赤兔馬一共活了 35 年左右。一般馬的使役年齡為 3～15 歲，20 歲之後的馬就不適合騎乘，所以，羅貫中在小說中讓關羽騎一匹 30 多歲的馬實在不合情理。

坐騎太老了，可以換個迷你跑車嗎？

老年赤兔，值得擁有！

歷史上的水淹七軍是自然災害嗎？

　　「水淹七軍」是關羽一生最後的輝光，他擒于禁，殺龐德，嚇得曹操差點遷都。《三國志》記載：「羽威震華夏，曹公議徙許都以避其銳。」小說《三國演義》的主旨是尊劉貶曹，因此對這一章節自然是大書特書，詳細描寫了關羽根據地理山形、自然氣候，挖閘防水的情節，但我們翻閱史書會發現「水淹七軍」其實不是人謀，而是自然災害。

　　《三國志·關羽傳》記載：「秋，大霖雨，漢水泛溢，于禁所督七軍皆沒。」原來是于禁運氣太差，碰上秋水猛漲導致全軍覆沒。「水淹七軍」雖然是自然災害，但也不能忽略關羽的統帥能力。于禁身為曹操身邊的名將，卻不能及時的洞察天氣和地形；而關羽在事發之後能夠迅速做出判斷，利用自然條件戰勝敵人，這正體現了他優秀的軍事能力。

白馬將軍

提起白馬將軍，大家首先想到的可能是三國裡的趙雲身騎白馬，一身白袍，所向披靡的形象。但在歷史上，趙雲並沒有「白馬將軍」的稱號。三國時期有史可依的白馬將軍有兩位，分別是公孫瓚ㄗㄢˋ和龐德。

公孫瓚是趙雲的老上司，他喜歡騎白馬，更組建了一支全部都騎白馬的輕騎部隊，人稱「白馬義從」。公孫瓚率領這支部隊縱橫塞北，割據幽燕，還將胡人、鮮卑、烏桓殺得聞風喪膽。《三國志》記載：「公孫瓚好白馬，屢乘以破虜，虜呼為白馬將軍。」很可惜，公孫瓚後來剛愎ㄅㄧˋ自用，敗於袁紹，「白馬義從」這支精銳部隊也消失在歷史當中。

我是白馬王子！

騎白馬的不一定是王子，有可能是公孫瓚。

龐德最早跟隨西涼馬超，而西涼本地產馬，龐德練就了精湛的騎術。後來龐德投降，他為了感謝曹操的知遇之恩，自告奮勇前去迎戰關羽並且抬棺上陣，表示要和關羽一決死戰的決心。根據《三國志》記載：「龐德親與關羽交戰，射羽中額。時龐德常乘白馬，羽軍謂之白馬將軍。」連關羽都忌憚ᵅ龐德三分，由此可見這位白馬將軍的威力了。

在元雜劇《西廂記》中也有一位「白馬將軍」。絕代佳人崔鶯鶯借宿普救寺時，歹徒孫飛虎見色起意，想將崔鶯鶯霸占。在危難時刻，張生尋求好友杜確幫助，這位杜確鎮守蒲關，統領十萬大軍，射騎白馬，所以人稱白馬將軍。兩人在杜確的幫助下成功解圍，張生和崔鶯鶯兩個有情人也終成眷屬。

關帝廟對聯

上聯：生解州、輔豫州，戰徐州、鎮荊州，萬古神州有赫；
下聯：兄玄德、弟翼德、報孟德、擒龐德，千秋智德無雙。

　　這是一副關帝廟中的通用對聯，概括了關羽的一生。關羽是山西運城解州人，劉備曾做過豫州牧，被人稱為劉豫州。「輔豫州」是指關羽輔助劉備，出生入死，忠心耿耿。關羽在徐州時與劉備、張飛走散，無奈之下投降曹操，但關羽降漢不降曹，最後千里走單騎，再次回到劉備身邊。劉備入主巴蜀之後，又派關羽鎮守荊州。

　　玄德是劉備的字，翼德是張飛的字。當年關羽準備離開曹操時，先斬顏良解白馬之圍，報答曹操的恩情之後才離開，被史官稱讚有「國士之風」。在水淹七軍時他又擒于禁、殺龐德，威震華夏。縱觀關羽一生，德才兼備，智勇雙全，這正是民間推崇關羽的原因。

大哥，為什麼二哥這麼多粉絲？

三弟呀，要不我們去整個型？

生前跟著大哥到處跑，誰能想到身後粉絲這麼多。

第 3 章

敗走麥城

⁂ 刮骨療毒 ⁂

關羽水淹七軍大獲全勝，一下子威震天下，所以他可就有些輕敵了。這一天他引兵攻打樊城，曹仁在城樓上一看，見關羽只披護心甲，斜搭著綠袍，根本沒有把城樓上的兵將放在眼裡。曹仁趕緊招來五百弓弩手，暗暗準備好。

箭頭塗毒藥，趁他不備，都一起射他！

曹仁

關羽正在罵陣，曹仁突然命令射箭。五百弓弩手箭雨飛來，一箭正中關羽右臂。

關平救關羽歸寨，拔出臂上的箭。原來箭頭有藥，毒已入骨，關羽的右臂青腫不能活動。關平和眾將一看事情不好辦啊，但關羽不肯退兵，這箭傷又不能痊癒，只能四處求醫問藥。

不能因為這點小傷誤了大事，你們不要攪亂軍心。

找醫生，找醫生！

忽一日，有個人從江東駕小舟而來，直至寨前。關平一看，這人氣度不凡。此人自報家門，說自己是沛國譙郡人，姓華名佗，字元化，因聽聞關將軍乃天下英雄，今中毒箭，特來醫治。

太好了。

華佗

關羽連喝數杯酒，一邊與馬良下棋，一邊伸出胳膊叫華佗做手術。華佗下刀割開皮肉，露出骨頭，那骨頭都已經青了，華佗用刀刮骨療毒，發出悉悉聲響，在場的各位都嚇得掩面失色。

關羽飲酒吃肉，談笑風生，下棋還把馬良給下敗了。馬良主要是嚇輸的，心思不在棋盤上。不過一會兒，那血流了一盆。華佗把毒都刮掉，敷上藥縫上線。

哎呀，關將軍是天神啊！

這下胳膊舒服了，華佗你真是神醫啊。

呂蒙詐病

關羽活捉于禁，斬了龐德，水淹七軍威名大振。曹操嚇得不輕，想遷都躲避。司馬懿不同意，於是給曹操出主意，叫他重整兵馬，聯合東吳一起對付關羽，手下大將徐晃也願意去抵擋關羽，曹操的心才稍感安慰。

孫權接到曹操的書信，召集文武商議對策。呂蒙從鎮守的陸口乘小舟趕來參加會議。

呂蒙辭了孫權，回至陸口，早有哨馬報說：「沿江上下，或二十里，或三十里，高阜處各有烽火台。」又聞荊州軍馬整肅，早有準備，呂蒙一看傻眼了。自己先把大話說出去，看來荊州不好取啊，這可怎麼辦？

哎呀，就說我生病，不能繼續工作了。

呂蒙裝病不去打荊州，孫權心裡很不高興。陸遜一言中的，告訴孫權那呂蒙就是裝病，自己還是去看看他，給他出個主意吧。

陸遜

陸遜開門見山地說出呂蒙抱病的實情，而且還幫忙出主意，說那關羽自恃英雄，覺得自己天下無敵，他現在有點顧慮的就是將軍您，您就將計就計繼續裝病，然後把工作辭掉，那關羽就徹底放鬆警惕了，到時候我們趁虛而入。

哎呀，好計啊！

呂蒙繼續裝病，上書辭職。陸遜回來把事情跟孫權說了。孫權叫呂蒙去養病，然後拜陸遜為陸口鎮守將軍。陸遜謙虛了一下，也就半推半就任新職了。

以後這就歸我管了。
來人啊，準備點禮品去
拜訪一下關羽。

這個時候關羽正在調養箭傷，關平也不敢叫他出去打仗，華佗更一再叮囑養傷期間不能動氣。有人來報說江東陸口守將呂蒙生病了，換成陸遜把守，現在陸遜來送禮拜見了。

叫他進來，料他不敢造次。

他葫蘆裡賣的是什麼藥？

關羽叫陸遜的使者進來，關羽跟關平說孫權這是目光短淺啊，怎麼叫這麼個不學無術的東西當將軍。你看他上任就開始給我們送禮，這話說得多肉麻啊。

這話聽著舒服！

大將軍威名遠揚，天地無敵，萬望多多關照……

使者回來把關羽的得意學給陸遜，陸遜大喜。看來這
關羽是上當了。

關羽根本瞧不起陸遜，果然沒幾天，他就把大部分兵
馬都調去樊城聽命了。

大意失荊州

陸遜趕緊跟孫權彙報，孫權拜呂蒙為大都督，總管江東各路軍馬。呂蒙拜謝，點兵三萬，快船八十餘艘，選會水的士兵扮作商人，都穿著白衣在船上搖櫓，精兵藏在船中。

呂蒙一面寫信給曹操，叫他派兵襲擊關羽後方；一面叫陸遜準備戰鬥。白衣人駕快船往潯陽江去，遇到江邊烽火台守軍盤問，大家就用財物買通軍士。

軍爺，我們是做買賣的，這點小意思，請笑納。

好。

守軍一看可以發財，就叫船停泊在江邊。到了二更，船裡藏的
精兵衝出來，把烽火台上的守軍都收拾了。

啊！你們幹什麼？

就這樣，一路收買一路收拾，很快就到了荊州。一行人騙開城
門，一擁而進。這個叫孫權魂牽夢繞的荊州城終於被吳軍給奪
過來，了卻了孫權的一塊心病。這也成為關羽的一個敗筆，大
意失荊州的教訓很慘痛。呂蒙傳令軍中，讓原任官吏並依舊
職；將關羽家屬保護起來，不許閒人攪擾。

如有妄殺一人，
妄取民間一物者，
定按軍法處置！

這呂蒙不簡單，他軍紀嚴明，對百姓秋毫不犯。這一天大雨，他發現一個將士拿老百姓的草帽蓋著鎧甲。呂蒙當下就火了，明明下令不要百姓一針一線，這得嚴懲。於是呂蒙斬殺了將士以整頓軍紀。

孫權得知呂蒙巧取荊州，激動得熱淚盈眶，迫不及待地趕來，他對荊州是朝思暮想。呂蒙迎接他入城，孫權心裡真是痛快啊。

對了，監獄裡還關著曹操的大將于禁呢，他做夢也沒想到自己這輩子還能從監獄裡出來。

荊州被奪取，孫權決定接著去攻打公安的傅士仁和南郡的糜芳。虞翻獻計，要去說服二將投降歸順東吳。孫權高興，心想最好不用打仗就把關羽的城池都給奪來，於是命令虞翻率領五百軍馬奔公安而去。

旗開得勝！

卻說傅士仁聽知荊州有失，急令閉城堅守。虞翻到了以後見城門緊閉，遂寫書拴於箭上，射入城中。軍士拾得獻與傅士仁，他拆書一看，是虞翻寫的招降信。

關羽一直看不上我，還因為一點小事說回來收拾我。不如早點投降算了。

傅士仁

傅士仁投降，孫權更是喜不自勝。他馬上叫傅士仁去南郡勸說糜芳也投降。南郡的糜芳聽說公安守將傅士仁投降，又見他來勸說，起初還有些猶豫。傅士仁曉以利害，說那關羽對我們有成見，他要是回來，沒我們好果子吃。糜芳覺得自己保的是劉備，關羽怎麼樣不重要。這時關羽派使者來見。

報，關將軍使者到。

糜芳

關羽的使者進來以後也不客氣，傳關羽的命令說軍中缺糧食，叫南郡和公安趕緊準備白米連夜送去。要是晚一刻，你們就要腦袋搬家。使者這麼一說，糜芳心裡不悅。這時，傅士仁衝上去把使者給殺了。

關將軍要你們快點送米！

關羽這是欺人太甚！

你別殺啊！

就這樣，南郡守將糜芳也投降了。這下子關羽被抄了後路，有點進退兩難。

哎呀，從來沒有過的爽！大耳賊，你沒有想到會有這一天吧。

當時曹操在許都，收到孫權的書信以後馬上叫徐晃急戰，自己親率大軍來救曹仁。徐晃立刻出戰關平，戰不多時，三軍喊叫，城內起火。關平不敢戀戰，急忙回營。這個時候，有人開始傳說荊州已經被呂蒙占領，一時間軍心慌亂起來，關平急得趕緊下令誰再傳言馬上斬了。

夜裡，關平引兵殺入魏寨，不見一人。關平知道中計了，正火速撤退時，遇左邊徐商、右邊呂建兩下夾攻。關平大敗回營，魏兵乘勢追殺前來，四面圍住，關平、廖化支持不住，棄了第一屯，徑投四塚寨來，早望見寨中火起。急到寨前，只見皆是魏兵旗號。關平等人退兵，忙奔樊城大路而走。

前面一軍攔住，為首大將乃是徐晃。關平奮力死戰，奪路而走，回到大寨來見關羽，把事情經過說了，關羽這時候還不信荊州等城已經丟失。話還沒說完，徐晃率兵殺到。關羽要出去迎戰，但關平知道父親箭傷未癒十分擔心，可是苦勸不住，關羽全然不顧，提刀上馬憤然而出。魏軍見了關羽各個驚懼，都被關羽給嚇破膽了。

關某來也！

關羽大戰徐晃八十餘合。他雖然武藝絕倫，但因爲箭傷，右臂力量不夠。關平生怕關羽有失，火急鳴金，關羽撥馬回寨。忽聞四下喊聲大震，原來是樊城曹仁聞曹操救兵來了，引軍殺出城來與徐晃會合，兩下夾攻，荊州兵大亂。

關羽上馬，引眾將急奔襄江上流頭。背後魏兵追至，關羽急忙渡過襄江，望襄陽而奔。忽然有探馬報說：「荊州已被呂蒙所奪，家眷都被抓了。」關羽大驚，不敢奔襄陽，提兵投公安來。探馬又報：「公安傅士仁已降東吳了。」關羽大怒。忽催糧人到，報說：「公安傅士仁往南郡，殺了使者，招糜芳都降東吳去了。」關羽得報，憤怒異常。怒氣衝塞，瘡口迸裂，昏絕於地。

卻說樊城圍解，曹仁引眾將來見曹操，泣拜請罪。曹操倒是很會收買人心。他說這是天意，不是你們的罪過。曹操不但不責罰曹仁，還犒賞三軍。徐晃兵至，曹操親自出寨迎接，封徐晃爲平南將軍。

關羽在荊州路上進退無路，眞是撓頭了。手下有人說，以前都是我們和東吳一起聯盟打曹操，現在東吳這是幹嘛？他們跟曹操一夥，給他寫書信看他怎麼說。關羽心想也對，馬上寫信叫使者去荊州。

☙敗走麥城❧

呂蒙在荊州傳下號令：凡荊州諸郡，有隨關羽出征將士家屬，一律優待，不准騷擾，按月給糧米，有患病的給看病。這些將士家屬都很感動，心想這福利待遇比關羽給的還好呢。

嘿嘿，關羽，這回你的末日要來了！

使者拿著書信來見呂蒙，呂蒙好吃好喝招待，還允許他見那些隨軍將士的家屬。這樣一來可就熱鬧了，這些家屬都給自己的親人寫信，而且書信內容都說東吳的兵馬紀律嚴明，現在生活得很好。

都別擠，放心吧，大家的信都能夠捎回去。

呂蒙親自把使者送出城去，使者見到關羽以後把實情相告，關羽大怒，說這是呂蒙的計策啊，這分明就是離間計。使者出寨後，圍上來一群兵將，都來詢問家裡的情況。使者把書信一發，回答說家屬日子過得很好，這些將士心裡高興，哪還有心思打仗啊。

我叫你去給呂蒙送信，沒有叫你往回帶信！

這就是最早的郵差！

順手的事。

來人，把他給我殺了！

關羽率兵去攻打荊州，可是每天都有將士逃回荊州，他的心裡更加恨怒了。等到戰在一處的時候，整個軍隊失去控制，將士無心作戰，遙望四山之上皆是荊州土兵，呼兄喚弟，覓子尋爺，喊聲不住。軍心盡變，皆應聲而去。

這是我這輩子打過最窩囊的仗！人呢？

唉，都跑了。

關羽喝止不住，軍隊就剩下三百餘人。要不是關平相救，根本突圍不出去了。現在無處可去，只能先到麥城暫且躲避。

關羽被困麥城，向上庸的劉封和孟達求救。這兩個傢伙有私心，根本不去解救關羽。尤其這劉封，他可是劉備的義子，這個時候腦子裡不知道想什麼呢。

我們管不了。

是，等著劉備來救吧。

孟達

劉封

關羽在麥城望眼欲穿等著上庸的救兵，結果左等右等都不來。他手下只有五六百人，還多半帶著傷。城中沒有糧食，這可真是火上澆油。這個時候，城下諸葛瑾來訪，他可沒少來見關羽，不過前幾次來都被關羽整得很狼狽。那時候是來要荊州，被關羽一頓冷臉；也來給關羽的女兒提過親，結果被關羽羞辱。但是諸葛瑾這次徹底揚眉吐氣了，他是來勸降的。

自古道識時務者為俊傑，今將軍所統漢上九郡，都被我們奪了；就剩下麥城這孤城，內無糧草，外無救兵，危在旦夕。將軍何不聽我的話，歸順吳侯，復鎮荊襄，可以保全家眷。

滾！

我殺了你！

別殺，他兄弟諸葛亮輔佐我大哥，給軍師點面子。

這對父子脾氣都這麼暴躁，差點弄死我。

諸葛瑾被趕出去，見到孫權就說關羽心如鐵石，不用勸說了。孫權搖頭，表示那就打吧。呂蒙獻計說關羽飛不出天羅地網了。

> 我料到關羽兵少，不能從大路逃跑。在麥城正北有險峻小路，我們在這設伏⋯⋯

關羽果然上當了，留周倉與王甫同守麥城，自己與關平、趙累引殘卒二百餘人突出北門。他橫刀前進，行至初更以後，約走二十餘里，只見山凹處，金鼓齊鳴，喊聲大震，遭遇伏兵。關羽雖勇，伏兵並不戀戰，展開車輪戰消耗關羽。幾番戰鬥，關羽的兵將多死於亂軍。

> 爹爹，快走！

關羽不勝悲惶，令關平斷後，關羽在前開路，隨行只剩下十餘人。行至決石，兩下是山，山邊皆蘆葦敗草，樹木叢雜。時已五更將盡。正走之間，一聲喊起，兩下伏兵盡出，長鉤套索，一齊並舉，先把關羽坐下馬絆倒。

關羽翻身落馬，被馬忠所獲。關平知父被擒，火速來救；背後潘璋、朱然率兵齊至，把關平四下圍住。關平孤身獨戰至力盡，也被抓了起來。

為關羽刮骨療毒的人是華佗嗎?

在小說《三國演義》中,關羽被曹仁射了一箭,肩膀中毒,請神醫華佗前來醫治。華佗給關羽做手術時,關羽面不改色,下棋如故,這就是著名「刮骨療毒」的故事。這個故事展現了關羽的神勇無畏,還體現了華佗的醫術高超,歷來被人們傳頌。

我們翻閱史書會發現「刮骨療毒」確有其事,但為關羽治病的醫生並不是華佗。《三國志·關羽傳》記載:「關羽便伸臂令醫劈之。」史料中只說是一名醫生在給關羽治病,並沒有說這位醫生就是華佗。歷史上的華佗在西元 208 年的赤壁之戰之前就被曹操殺害,所以根本不可能在西元 220 年為關羽治病。

傅士仁＝「不是人」？

在小說《三國演義》裡，傅士仁出賣關羽，投降東吳，導致關羽在前線戰事失敗，最終敗走麥城。我們翻閱《三國志》會發現，在歷史上這位「傅士仁」其實叫做「士仁」。《三國志·呂蒙傳》記載：「呂蒙遂到南郡，士仁、糜芳皆降。」人家明明叫做「士仁」，為什麼小說中叫他「傅士仁」？

是哪個不是人的傢伙把我的姓氏改了！

據說是因為士仁出賣關羽後，隨著關羽在民間的地位越來越高，人們對士仁的痛恨就越來越深。因為「傅」的讀音很像「不」，所以民間就稱呼他為「傅士仁」，取諧音「不是人」。在歷史上，士仁投降東吳後就沒有他的記載了，不過在小說《三國演義》裡，劉備伐吳為關羽報仇時，傅士仁和糜芳再次投降劉備，但劉備把兩人凌遲處死。小說雖然有很多虛構的內容，但也以此表達民間對英雄的崇敬以及對小人的憎恨。

傅士仁＝不是人？

出賣關羽不但沒賞錢，還落了個千古罵名。

都怪關羽的粉絲太多，你只能「不是人」了。

諧音哽真可惡呀。

這是神，可要
好好拜一拜！

　　關羽是三國時的名將，雖然他被俘而死，壯志未酬，但他的忠義精神卻被千古傳頌。出於對關羽的敬重，歷朝歷代的官方都賦予關羽崇高的地位，民間更乾脆將關羽稱為神。關羽只有一位，但目前全國的關羽墓卻有三座，這是為什麼呢？

　　最著名的關羽墓是河南洛陽的關林。孫權殺關羽之後為了轉移衝突，將關羽的頭顱送給曹操，希望劉備去找曹操報仇。而曹操識破了孫權的詭計，下令厚葬關羽，洛陽的關林便是關羽頭顱的埋葬處。

　　洛陽關羽墓為什麼稱作「關林」？其實在中國傳統文化中，百姓的埋葬處稱為墳；諸侯埋葬處稱為墓；帝王的埋葬處稱為陵；而聖人的埋葬處稱為林。關羽在民間被尊為武聖人，因此人們稱呼關羽墓為關林，表示對關羽的至高崇敬。

第二座關羽墓位於湖北當陽。孫權將關羽頭顱送給曹操之後為了安撫人心，仍以諸侯之禮將關羽的身軀葬於此處。第三座關羽墓位於四川成都，是關羽死後，劉備在成都招魂祭祀時為關羽修建的衣冠塚。因此，民間流傳著關羽「頭枕洛陽，身困當陽，魂歸西蜀」的說法。

籌筆驛

> 猿鳥猶疑畏簡書，風雲常為護儲胥。
> 徒令上將揮神筆，終見降王走傳車。
> 管樂有才真不忝，關張無命欲何如？
> 他年錦里經祠廟，梁父吟成恨有餘。　〔唐〕李商隱

　　這首詩的作者是唐代著名詩人李商隱。據說籌筆驛是諸葛亮北伐時的駐軍處，位於今四川綿陽一帶。李商隱遊歷四川時路過此處，懷古弔今，寫下這首詩以憑弔諸葛亮。全詩的五六句「管樂有才真不忝，關張無命欲何如」是說孔明雖然有管仲和樂毅的才幹，但關羽、張飛這些絕世猛將已經去世，諸葛亮一個人又怎能力挽狂瀾？全詩表達對蜀漢群雄的讚揚，又分析蜀漢敗亡的原因，是懷古詩歌中的精品之作。

第 4 章
英雄末路

失麥城

一部《三國演義》到了這一章，先後有幾位英雄豪傑紛紛退出歷史舞台。這一章裡，關羽、關平、華佗和曹操都相繼離世，英雄末路令人感嘆。話說呂蒙設計把關羽父子捉了，押到孫權帳前。孫權非常高興，這麼多年來荊州一直是他的心頭之痛，而關羽也一直令他頭疼。

孫權看關羽罵不絕口，心裡不悅。他環顧左右徵求各位官員意見，心想：關羽是英雄豪傑，我很喜歡。雖然他滿口髒話，我還是想以禮相待，勸他歸降。

孫權聽了大家的發言，覺得有道理。關羽雖然是蓋世
英雄，可惜他對劉備忠貞不二，不可能再事二主。既
然不肯歸降，那就是最大的敵人，還是殺了算了。

來人，推出去吧！

那一年是建安二十四年十二月，關羽死時五十八歲。
後人有詩歌讚頌關羽「漢末才無敵，雲長獨出群；神
威能奮武，儒雅更知文。天日心如鏡，《春秋》義薄
雲。昭然垂萬古，不止冠三分」。

關羽去世以後，他的坐騎赤兔馬被馬忠所獲。馬忠把
赤兔馬獻與孫權，爲了表揚馬忠抓獲關羽有功，孫權
又把赤兔馬賞賜給馬忠。馬忠自然心裡高興。

這赤兔馬原本是董卓所有，董卓爲了拉攏呂布而獻馬
給他，於是呂布殺了義父丁原，投靠董卓。呂布死
後，曹操爲了拉攏關羽，又把赤兔馬獻給關羽。如今
這赤兔馬見關羽去世，也不吃不喝絕食而亡。

把守麥城的王甫和周倉聞聽關羽父子陣亡，而孫權的兵馬帶著關羽父子的首級前來招安。他們登城觀望確認是關羽父子以後，王甫大叫一聲，跳城身亡；周倉拔劍自刎身亡。於是，麥城被東吳占領。

✿關公顯聖✿

卻說孫權害了關羽，收取荊襄之地，犒賞三軍，設宴慶功。這次是因為呂蒙的計策才大獲全勝，慶祝時就把呂蒙讓到主位上。孫權再次感謝，呂蒙也感覺飄飄然了。

> 我很多年都得不到荊州，現在唾手可得，都是您的功勞啊。

> 太客氣了，其實我也沒做什麼。

孫權親自斟酒給呂蒙，呂蒙得意洋洋。忽然，呂蒙把酒杯摔了，一把揪住孫權大罵起來。

> 你……你這是幹嘛？

> 碧眼小兒！紫髯鼠輩！還認得我嗎？

呂蒙突然失常，把大家嚇壞了。孫
權被呂蒙打倒，啃了一嘴泥。呂蒙
騎在孫權身上一頓暴揍，眾人費了
很大的力氣才把呂蒙拉開。

只見呂蒙大步走到孫權的位置上，示意他讓開，一屁
股坐下。呂蒙兩眉倒豎，雙眼圓睜，大喝：「我自破
黃巾以來，縱橫天下三十餘年，今被你們用奸計算
計，我生不能啖你們之肉，死當追呂賊之魂！我乃漢
壽亭侯關雲長也。」

孫權等人大驚失色，滿堂文武嚇得都下拜磕頭。見大家都服軟了，那呂蒙直勾勾看了眾人一會兒，然後栽倒在地，七竅流血而亡，眾人見了無不恐懼。孫權更是嚇破了膽子，再不敢炫耀殺關羽之事了。

天啊，關老爺您就饒了我吧，我錯了，以後我再也不殺您了！

忽報謀士張昭從建業回來見孫權。張昭見到孫權，馬上說主公你殺了關羽父子，我們江東可就惹下大禍了。那關羽跟劉備、張飛桃園結義，誓同生死，現在劉備可是擁有兩川之兵啊，還有諸葛亮輔佐。那張飛、黃忠、馬超跟趙雲都是虎將，他們肯定要傾全國之力來報仇雪恨啊。

他們肯定要傾全國之力來報仇雪恨啊！

張昭

你就別嚇唬我了，看看我剛才被揍的，腦袋上全是大包了。

聽張昭這麼一說，孫權捂著腦袋更害怕了。劉備那邊要報仇，關羽還顯靈要收拾自己，眼看著呂蒙死了，這誰不害怕啊。此時，張昭獻出一計。

有辦法。我們把關羽的首級趕緊送去給曹操，叫劉備跟曹操拚命去。如果劉備把曹操打敗，我們就一起收拾劉備。

我明白了，要是曹操打敗劉備，我們就收拾曹操對吧？

孫權趕緊小心翼翼用木匣把關羽的首級裝好，連夜送去給曹操。送走關羽的首級後，孫權長舒一口氣。

對不起了關老爺，我一時衝動不小心把您殺了。您去曹操那吧，他欺君罔上，您去折磨他吧。

曹操感神

曹操聽說東吳派人把關羽的首級送來了，一開始還很高興，這下解決了大問題啊。可是主簿司馬懿冷笑說：「大王你還笑得出來啊？」一語點醒夢中人，曹操聽完司馬懿的分析，嚇出一身冷汗。這東吳孫權可真是可惡，自己幹的壞事，叫我們幫忙收拾爛攤子。司馬懿立刻獻上一計。

人家東吳殺人，把首級送給你，這是嫁禍於人。

你說得對，我們怎麼辦呢，這是關鍵。

大王以香木刻一副身軀，和首級配好然後厚葬，劉備一看肯定感動，還會去找孫權拚命。到時候劉備要是把孫權打敗了，我們再收拾劉備。

曹操大喜，馬上叫東吳的使者來見。使者把木匣拿出來，曹操打開一看，只見關羽的臉就跟平時一樣。曹操笑了，想跟老朋友打個招呼，於是問了一句：「雲長別來無恙！」誰知道這話剛問完，只見關羽的嘴巴動了一下，眼睛睜開瞅著曹操，那鬍鬚和頭髮也動起來。曹操嚇得一下子栽倒，眾官趕緊搶救。

啊呀，嚇死我了。

曹操又聽說關羽在東吳顯靈，把孫權暴揍一頓、呂蒙也因此而死，曹操心裡這個恨啊，好你個孫權，這不是誠心整我嗎？他更加恐懼，趕緊擺香火祭祀供奉，刻了沉香木爲身軀，以王侯之禮厚葬關羽。

消息很快傳到漢中劉備的耳朵裡，劉備一聽噩耗，頓時哭倒在地。文武官員急忙搶救，他半晌才蘇醒過來。諸葛亮苦勸劉備冷靜面對，關將軍戰死其實也有自身的原因，現在當務之急是冷靜客觀地分析戰局，不能意氣用事。劉備一天哭暈五次，三天水米不打牙，只是痛哭。眼淚把衣襟哭濕，斑斑成血。諸葛亮與眾官再三勸解，劉備就是不聽，非要領兵問罪東吳，爲二弟報仇雪恨。

我與關、張二弟桃園結義時，誓同生死。今雲長已亡，我豈能獨享富貴！

我們再說曹操，他被關羽嚇了一跳，每天晚上一睡覺就夢見關羽，晚上都睡不好。曹操心煩，問文武百官怎麼辦。有人就建議，我們這洛陽的行宮舊殿太多，這裡有冤魂和妖精，不如新蓋一座宮殿住住看。

蘇越很快把建築圖紙設計完畢，曹操很喜歡。這個大殿分九間，氣勢宏偉。曹操很滿意，但是擔心缺少好的木材。蘇越出主意說躍龍寺前有一棵大梨樹，高十餘丈，可以弄來做房梁。

曹操趕緊派人去砍樹。結果第二天有人回報這棵樹鋸
子鋸不下去，斧頭砍不動，根本弄不下來。曹操當然
不信，親自帶著人馬前去查看。他在躍龍寺前仰望大
梨樹。

這棵樹幾百年了，
樹上有神靈，不能
砍伐啊。

我曹操上自天子，
下至庶人，誰不怕我，
我還怕一棵樹妖啊！

曹操說完，拔出佩劍親自去砍樹。只聽哧哧幾聲，寶
劍砍在樹上，血濺了出來，弄了他一身一臉。他嚇壞
了，趕緊上馬回宮。

啊！怎麼一回事？

曹操晚上做夢，夢裡忽見一人披髮仗劍，身穿皂衣*，直至面前。皂衣人仗劍砍曹操。曹操大叫一聲，忽然驚醒，頭腦疼痛不可忍。急傳旨遍求良醫治療，可是一直不能痊癒。這宮殿建得真是不順利啊。

樹精

我是梨樹之神。你蓋宮殿卻來害我性命。你是找死！今天先殺了你。

啊！救命啊……

* 皂衣：「皂」指「黑色的」；皂衣就是黑衣。

曹操的鐵桿忠臣華歆介紹說華佗醫術精妙，世界少有。有患者，或用藥，或用針，或用灸，隨手而癒。若患五臟六腑之疾，藥不能效者，以麻肺湯飲之，令病者如醉死，卻用尖刀剖開其腹，以藥湯洗其臟腑，病人略無疼痛。

他給關羽刮骨療毒過，醫術精湛。

還有這樣的神醫？

華歆

華歆接著向曹操講述華佗以往治癒病人的例子，曹操
這才同意叫華佗來治病。華佗爲曹操診斷摸脈，曹操
露出懷疑的目光。

大王頭腦疼痛是
因患風而起。病根在腦袋中，
風涎不能出。先飲麻肺湯，然
後用利斧砍開腦袋，取出風
涎，方可除根。

嗯？

華佗

曹操一聽一下子跳起來，好你個華佗，這分明就是要
加害我啊。華佗解釋說人家關羽刮骨療毒療效很好
啊。大王你這毛病我手到病除，不用懷疑我的醫術。

 關羽刮骨療毒療效很好啊！

手臂能跟腦袋比嗎？你把我腦袋打
開，然後再闔上，我還能活著嗎？

 不信你去問關羽，我華佗是不是吹牛。
抓緊時間吧，我準備磨斧頭了。

那關羽都死了，我上哪去問？我看你就是跟關
羽一夥的，你是要給他報仇才把我腦袋打開。

 我跟你說不清楚，你時間不多了，快點吧。

華佗這個手術計畫不但沒有得到曹操的同意，還引起他的猜疑。他把華佗關進監獄嚴刑拷打，問他跟關羽是不是一夥的。謀士勸說也沒用，曹操認定華佗不是來看病的，分明就是害人來的。

華佗在監獄裡沒少受苦，不過有一個獄卒吳押獄對華佗很好，每天以酒食供奉華佗。

吳押獄取到《青囊書》後不久，華佗就死在獄中。吳押獄很重感情，買來棺槨﹙套﹚裝殮華佗。可嘆一代神醫就此落幕。

吳押獄回到家，發現妻子正在燒那本《青囊書》，大吃一驚，趕緊搶奪，無奈只剩下一兩頁文字了。他大怒，想不到妻子的一番話叫他啞口無言。

縱然學得與華佗一般神妙，只落得死於牢中，要它何用！

你想幹什麼？

奸雄數終

卻說曹操自從殺華佗之後病勢愈重，又憂吳、蜀之事。正慮間，近臣忽奏東吳遣使上書。曹操取書拆開一看，原來是孫權願意臣服。他一看非常高興，封孫權為驃<small>ㄆㄧㄠˋ</small>騎<small>ㄐㄧˋ</small>將軍、南昌侯，領荊州牧。

孫權還算識相。

曹操這病情一直沒有好轉。一天夜裡做夢，夢見三馬同槽吃食。

喂，三匹馬，你們什麼意思？

天亮以後，曹操愈加心裡疑惑，趕緊找賈詡問是怎麼回事。這賈詡不懂還裝懂，隨便解釋一通。

這賈詡是順口胡謅，卻耽誤了曹操的大事。後世有人寫詩說：「三馬同槽事可疑，不知已植晉根基。曹瞞空有奸雄略，豈識朝中司馬師？」這四句詩是什麼意思？實際上，這時上天已經給曹操拉響警報，暗示他三馬同槽吃食，就是司馬懿、司馬師、司馬昭要篡位，食槽就是吃曹的意思。

這天夜晚，曹操在臥室睡到三更時候 *，覺得頭昏目眩，起來聽見殿中有恐怖的聲響。他仔細一看，嚇得魂飛魄散，只見被他處死的伏皇后、董貴人、二皇子，並伏完、董承等二十餘人，渾身血污立於愁雲之內，隱隱聞索命之聲。

曹操，拿命來！

* 三更：半夜十一點到一點。

曹操拔劍趕緊去砍，忽然一聲巨響，震塌了殿宇西南一角。

轟隆──

曹操驚倒於地，近侍將他救出，遷於別宮養病。次夜，又聞殿外男女哭聲不絕。

曹操，
還我命來！

追來了，
怎麼這麼難纏！

好不容易熬到天亮，曹操召集群臣，跟他們說自己三十餘年戎馬生涯，從來沒有遇到這樣可怕的事情。群臣趕緊說找人破解一下，曹操嘆了一口氣。

我得罪老天，
誰也不能救我了。
聽天由命吧！

第二天，曹操感覺愈發難受，眼睛看不到東西了。他
急召夏侯惇前來議事。

夏侯惇趕緊來見曹操，到了殿門前，忽然看見伏皇
后、董貴人、二皇子、伏完、董承等立在陰雲之中。
他大驚昏倒，左右扶出，自此得病。

曹操久等夏侯惇不來，趕緊召曹洪、賈詡和司馬懿等
人一同來到臥榻前，交代後事。

曹操苦笑，想我曹操縱橫天下三十餘年，群雄都叫我
給滅掉了，現在只剩下東吳的孫權和西蜀的劉備。現
在我病危了，不能再與各位共事，所以有家事相託。

聽曹操這麼說，曹洪等人都哭著跪倒。

曹操又叮囑眾人在他死後要善待自己的家室。他本性
多疑的毛病至死也沒有改變，特意交代一定要多埋墳
塋，設立七十二座墳塋，這樣別人不知道哪座是真
的，就不能挖墳了。

埋七十二座墳塋，
別人不知道哪座埋
的是我那才好呢。

囑咐完畢以後，曹操長嘆一聲，淚如雨下，氣絕而死。這一年他六十六歲，時間是建安二十五年春。

嗚嗚嗚一

歷
史
小
百
科

曹操真的是白臉嗎?

　　歌曲〈說唱臉譜〉中有句歌詞:「藍臉的竇爾敦盜御馬。紅臉的關公戰長沙。黃臉的典韋,白臉的曹操,黑臉的張飛叫喳喳。」曹操的臉真的是白的嗎?我們前面說過在京劇臉譜中紅色代表著忠義,黑色代表著正義,所以在戲曲藝術當中關羽變成紅臉,張飛變成黑臉,而曹操變成白臉也是因為這個道理。

正義

忠義

奸詐

　　在京劇臉譜中,白色代表奸詐、虛偽、邪惡。由於歷史原因,曹操在戲劇舞台上一直扮演「反派」角色,所以白臉曹操就成了他的代稱。

白臉也不錯,不用去做護膚美白了。

曹操究竟算不算三國時期的人？

　　曹操是正史《三國志》中開篇的一位人物，也是小說《三國演義》裡的主角之一，但嚴格來說曹操並不是三國時期的人物。在史學斷代概念裡，三國時期是從西元 220 年漢朝滅亡，曹丕建立魏國開始算起。而在西元 220 年曹操去世後，漢朝才滅亡，魏國建立，所以曹操是東漢人，並不是三國人。但我們說到三國故事時，一般是從西元 184 年黃巾起義爆發開始講起，而曹操是東漢末年的風雲人物，怎麼能少了他。所以曹操雖不是三國時期的人物，但是卻是三國故事裡不可缺少的主角。

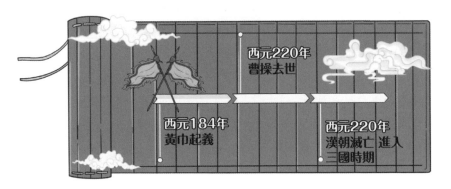

　我的國籍是漢。

　我的國籍是吳。

我的國籍是魏。

曹操墓

「曹操墓」從古到今一直都是人們津津樂道的話題。據說曹操為了防止自己去世後被盜墓,便在漳河一帶造了七十二疑塚,不讓人們知道自己真實的葬身之地。「七十二疑塚」的說法流傳千年,再加上小說《三國演義》的流傳,這種說法愈演愈烈,吊足了人們的胃口。

給大家變個魔術,猜猜我埋在哪裡?

經過近代諸多考古學家的研究,所謂的「漳河七十二疑塚」其實南北朝時期的墓葬群,並不是漢末三國時期的曹操墓。曹操真墓究竟在哪裡,還是未知。到了 2009 年 12 月 27 日,中國國家文物局最終認定位於河南省安陽市安豐鄉西高穴村南的高陵墓主為曹操。至此,爭論一千多年曹操墓終於水落石出,真相大白。

沒想到躲了一千多年,還是被挖了出來。

民間之所以有「七十二疑塚」的說法，和曹操形象的演變有關。其實曹操從晉朝到唐代一直都被官方奉為英雄。但是到了宋代，因為中國北方被遼國、金國、蒙古相繼占領，這些少數民族政權與曹魏政權勢力的位置正好相符，於是人們講三國故事時，就把曹操自動代入成北方異族。再加上曹操生前有屠城、坑降、挾天子等惡行，於是曹操在民間的形象逐漸黑化，成為奸臣的代表，諸多與曹操有關的負面故事也開始傳播。「七十二疑塚」就是曹操「黑化運動」中的衍生故事。

晉朝 ➡ 唐朝　　英雄

宋代　　壞蛋

不要對我潑髒水，我是好人！

龜雖壽
（節選）

神龜雖壽，猶有竟時。騰之蛇乘霧，終為土灰。
老驥伏櫪，志在千里。烈士暮年，壯心不已。

〔東漢〕曹操

　　這首〈龜雖壽〉是曹操詩歌的代表作，西元207年，曹操
剿滅二袁，平定烏丸，統一北方，於是準備南下征討荊吳，消
滅南方孫權、劉備勢力，想要徹底統一全國。此時曹操已經
五十三歲了，但他的雄雄壯志並沒有磨滅，於是寫下這篇〈龜
雖壽〉，表達自己「烈士暮年，壯心不已」的感慨，以及希望
早日統一全國的志願。

老馬雖然跑不快，
但是經驗十足。

　　在這首詩中，曹操將自己比喻成一匹上了年紀的千里馬，
雖然年邁體衰，但依舊有馳騁沙場的豪情，展現詩人老當益壯、
積極進取的人生態度。全詩語言剛健，氣勢雄渾，格調悲壯，
將述理、明志、抒情融為一體，是「建安文學」中的精彩華章。

第 5 章
獻帝退位

代漢自立

卻說曹操身亡，文武百官舉哀，身邊大臣趕緊派人送信去給曹操的兒子。曹丕聞知父親病喪，放聲痛哭。兵部尚書陳矯和司馬孚力挺曹丕速速繼承王位以防事變。

現在擺在大家面前的難題是曹丕雖有曹操的遺囑，但是沒有漢獻帝的詔命，自己立王有一點名不正言不順。正在大家煩惱時，華歆自許昌飛馬而來。人家華歆想得周到，他提前去找漢獻帝交涉，連唬帶嚇地叫漢獻帝把詔命寫好了。

曹丕登位，心情大好，命令開宴會慶賀。這個時候，忽報鄢ㄢ陵侯曹彰自長安領十萬大軍來到。曹丕大驚，弟弟這火爆脾氣，大兵壓境，是不是要來跟自己爭奪王位啊。

曹丕慌亂的時候，手下諫議大夫賈逵自告奮勇出城去見曹彰。

賈逵見到曹彰，曹彰先問曹操的大印在哪裡。賈逵正色而言，告訴曹彰你爹早就安排好了，家有長子，當然是你哥曹丕繼位。曹彰尋思他說得也對。快到宮門的時候，賈逵問曹彰。

你是來奪位還是來奔喪的？

奔喪。

那行，把武器和兵馬都留外面，專心去哭你爹吧。

曹彰還是深念兄弟情意的，他把左右將士喝退，一個
人進宮拜見曹丕。兄弟二人抱頭痛哭，這一抱，兩人
冰釋前嫌。曹彰把兵馬全都交給曹丕，自己回去了。

弟弟啊，
你可回來了。

以後我們都是
沒爹的人了！

於是曹丕安居王位，改建安二十五年為延康元年；封
賈詡為太尉，華歆為相國，王朗為御史大夫；大小官
僚盡皆升賞。諡曹操曰武王，葬於鄴郡高陵。

華歆去找曹丕調撥，說人家曹彰都把軍馬交割了，那你弟弟曹植和曹熊這兩個倒楣蛋是什麼情況，自己的爹死了竟然都不來參加追悼會，必須問罪。曹丕聽了華歆的話派使者去問罪，沒幾天一個使者回來，說你弟弟曹熊上吊自殺了。

又過了幾天，去曹植那裡的使者鼻青臉腫回來了。曹丕問他怎麼了，使者委屈得大哭。原來使者到了臨淄見到曹植，他正在和丁儀、丁廙兄弟暢飲呢。他把使者一頓暴打後攆了回來。

꧁ 七步成詩 ꧂

曹丕火大了，馬上命令許褚率領虎衛軍三千，火速至臨淄擒曹
植等人來。許褚奉命引軍至臨淄城，守將攔阻，許褚立斬之，
直入城中，無一人敢阻攔。他一直到了府堂，看見曹植和老丁
家兄弟喝得爛醉如泥，於是將他們按倒綁住，扔到車上拉回
來。曹丕也乾脆，什麼都不問就先把曹植以外的人都殺了，這
下曹植醒酒了。

您抓緊時間再喝
點吧。不然怕是
喝不到了！

我這是在哪
啊？怎麼到處
陰森森的啊？

許褚

曹植

曹丕的生母卞氏聽說兒子曹熊上吊死了，心
裡悲傷，現在又聽說兒子曹植被逮住，她很
著急，生怕自己的骨肉再次上演自相殘殺。

母親，我也
深愛弟弟的才
華，你放心吧，
我不會害他。

你弟弟曹植嗜酒如命，
但他胸中有才，所以放
縱。你念及骨肉同胞之
情，千萬別殺他。

卞氏

卞氏哭著離開，華歆猜到她是為曹植求情，於是力勸曹丕把曹植給殺了。這個華歆啊，一心一意想叫曹植死。曹丕又被說得動搖了，可也是，身邊有這麼一位，換誰也扛不住勸。

曹操活著的時候，最喜歡曹植的才華。曹丕一直懷疑弟弟這麼有才是不是看小抄，或者有人代筆幫他寫的，所以這次一定要嚴格測試一下，如果他是冒牌貨就徹底揭穿。當時殿上懸掛一幅水墨畫，畫著兩頭牛，鬥於土牆之下，一牛墜井而亡。

兩肉齊道行，頭上帶凹骨。
相遇塊山下，郯起相搪突。
二敵不俱剛，一肉臥土窟。
非是力不如，盛氣不泄畢。

曹植走了七步，詩已經做成。群臣一看都震驚了，這曹植是真有才啊。華歆暗示曹丕，不能放過曹植。

好詩！

曹植不假思索，馬上口占一首：煮豆燃豆萁，豆在釜中泣，本是同根生，相煎何太急！曹丕一聽，潸ㄕㄢ然淚下。母親卞氏出來，嗚嗚痛哭說你們兄弟何必相逼如此之急啊。

煮豆燃豆萁，豆在釜中泣，本是同根生，相煎何太急。

你們兄弟何必相逼如此之急啊。

劉封伏法

曹丕繼位，消息很快傳到漢中劉備那裡。劉備這時候還想著給關羽報仇的事情，廖化哭拜說，當初關羽父子遇害，是劉封和孟達不救之罪，必須嚴懲他們。劉備一想也對，馬上派人去抓兩人。劉封本是羅侯寇氏之子、長沙郡劉姓人家的外甥。劉備投靠荊州刺史劉表後暫時安居於荊州，因爲當時他未有子嗣，於是收劉封爲養子。說起來這劉封也是劉備的兒子呢，可是因爲他沒有及時救關羽，劉備心裡憤恨不已。

主公，不能莽撞，這一抓恐怕生變，先把他們升遷，調開然後再抓。

劉備

我那二弟死得太慘了。

諸葛亮

有人把消息報告給孟達。他一看這下完蛋，劉備要加害我，那就得投靠魏王曹丕了，於是他給劉備寫了一表後投降了。

孟達

對不起，此地不養爺，自有養爺處。

這孟達寫得文采飛揚，劉備看完真是氣啊。匹夫叛逃，還舞文弄墨的。他馬上準備起兵抓孟達，這個時候諸葛亮又出主意。諸葛亮的這招也是昏招，派劉封去抓孟達，那兵將死傷可都是劉備的。劉備聽了意見，馬上命令劉封征討孟達。

為我二弟報仇！

不用你去，你叫劉封去抓孟達，叫二虎相爭，幹完再挨個收拾。

孟達一看劉封要來抓自己，馬上寫信給劉封，叫他也一同歸順曹丕算了。劉封撕碎勸降書，把使者也殺了，引兵來抓孟達。

此賊誤吾叔侄之義，又間吾父子之親，使吾為不忠不孝之人也。

劉封

劉封去戰孟達，但孟達有曹丕兵馬相助，他不是對手。他在三軍夾攻之下大敗而走，部下只剩百餘騎。他逃到成都，入見漢中王，哭拜於地，細奏前事。

你還有什麼面目來見我？斬了他！

左右把劉封推出去真給殺了，劉封死後，劉備就後悔了。劉備是急火攻心，一病不起。

哎呀，你看我啊，把義子殺了，後悔藥去哪買啊。

⚘ 曹丕廢帝 ⚘

華歆帶著一班文武來見漢獻帝。華歆啟奏，文武百官氣勢洶洶，漢獻帝嚇得蜷縮在座位上。

陛下以山川社稷，禪與魏王，上合天心，下合民意，陛下安享清閒之福，祖宗幸甚！生靈幸甚！臣等議定，特來奏請。

我們漢室基業，四百年啊，朕雖不才，不能將祖宗大業給荒廢了啊。

華歆一看漢獻帝不願意下台，馬上叫李伏、許芝近前去說服。漢獻帝敢怒不敢言。

自魏王即位以來，麒麟降生，鳳凰來儀，黃龍出現……

都是唬爛！

臣等職掌司天，夜觀乾象，見炎漢氣數已終……

漢獻帝被這些大臣們七言八語勸說，
氣得大哭，自己入後殿去了。

陛下，您
怎麼油鹽
不進呢。

免得受皮
肉之苦！

陛下三思。

陛下，識時
務者為俊傑。

第二天，這幫大臣又來大殿上班了，目的只有一個，就是要求漢獻帝退位給曹丕騰地方。漢獻帝又氣又怕，不敢上殿。這時候的皇后是曹皇后，那是曹操的女兒啊。大臣聚集大殿，漢獻帝躲著，曹皇后大怒。

曹洪和曹休帶著劍衝進來，不顧曹皇后的阻攔，強行把獻帝帶到殿上。獻帝被帶走，曹皇后也沒有辦法。

漢獻帝痛哭流涕，指責這幫大臣拿著漢朝的俸祿，竟
還做出大逆不道的事。華歆上躥下跳，比老曹家人
都積極踴躍。他扯住龍袍，把獻帝按在那不能動。

獻帝嚇得渾身哆嗦，只見四周全是曹丕的兵將，一看
自己大勢已去，只好答應把帝王之位讓給曹丕。

漢獻帝讓位給曹丕，曹丕想趕緊受詔，但是司馬懿出主意說不能這麼輕易地接受，這點你得跟你爹曹操學習。於是，曹丕上表謙虛，辭掉任命。

漢獻帝那邊不知道他是什麼意思，心想人家曹丕不願意當皇帝，那我再湊合當幾天。但群臣可不答應，尤其那個華歆，他說當初魏王就是很謙虛的人，您得再次下詔。

 is a comic panel. Within it:
- 麻煩您再來一次。
- 人家不當幹嘛勉強？
- 聽話就對了！

 is a comic panel. Within it:
- 對啊，我得謙虛一下。
- 不能這麼輕易地接受。這點你得跟你爹學習。

就這麼往返了三回，華歆還叫漢獻帝建築一壇，召集
公卿庶民，讓大家見證這是漢獻帝主動讓位的，可不
是曹丕搶奪來的。漢獻帝只好這麼辦，築起三層高
壇，擇於十月庚午日寅時禪ㄕㄢˋ讓。

到了當天，獻帝請魏王曹丕登壇受禪，壇下集大小官
僚四百餘員，御林虎賁ㄅㄣ禁軍三十餘萬，漢獻帝親捧
玉璽奉曹丕，退位給他。

來，你當吧。

謝謝啊！

讀冊已畢，魏王曹丕即受八般大禮，登了帝位。賈詡引大小官僚朝於壇下。改延康元年為黃初元年，國號大魏。丕即傳旨，大赦天下，並且諡其父曹操為太祖武皇帝。

華歆提著寶劍把漢獻帝拖到一邊去，喝令他早點離開。獻帝含淚拜謝，上馬而去，壇下軍民人等見之傷感不已。

百官請曹丕答謝天地。曹丕剛下拜，忽然壇前捲起一陣怪風，飛砂走石，急如驟雨，對面不見；壇上火燭，盡皆吹滅，曹丕驚倒於壇上。

百官急救下壇，半晌方醒。侍臣扶入宮中，數日不能設朝。

漢王正位

早有人到成都劉備那裡報說曹丕自立爲大魏皇帝，於
洛陽蓋造宮殿；且傳言漢帝已遇害。漢中王劉備聞知
痛哭終日，下令百官掛孝，遙望設祭，上尊謚曰「孝
湣皇帝」。劉備因此憂慮致染成疾，不能理事，政
務皆託與諸葛亮。

諸葛亮與太傅許靖、光祿大夫譙周商議，言天下不可
一日無君，欲尊漢中王劉備爲帝。

> 近有祥風慶雲之瑞；
> 成都西北角有黃氣數十丈，
> 沖霄而起；帝星見於畢、胃、昴之分，
> 煌煌如月。此正應漢中王當即帝位，
> 以繼漢統，更復何疑？

諸葛亮與許靖，引大小官僚上表，請漢中王劉備即皇帝位。劉備大驚，拂袖而起，入於後宮。眾官皆散。

三日後諸葛亮又引眾官入朝，請漢中王出。眾皆拜伏於前，諸葛亮苦勸數次，劉備堅執不從。

劉備堅決不從，諸葛亮巧
設一計，託病不出。劉備
聽說諸葛亮病篤，親到府
中，直入臥榻邊問候。

臣自出茅廬，得遇大王，相隨至今，
今曹丕篡位，漢祀將斬，文武官僚，
都想推大王為帝；不想大王堅執不
肯，眾官皆有怨心，不久必盡散矣。
若文武皆散，吳、魏來攻，兩川難
保。臣安得不憂乎？

哎，不是我推
託，我怕天下
人嚼舌根啊！

諸葛亮一聽，哈哈，原來是這樣啊。他馬上起來，外
面文武眾官都進來了，大家拜伏在地。劉備一看，這
回不用再裝了。

好，那我
當了啊！

151

諸葛亮令博士許慈、諫議郎孟光掌禮，築壇於成都武擔之南，率眾官恭上玉璽。漢中王受了，捧於壇上。文武各官，皆呼萬歲。拜舞禮畢，改元章武元年。立妃吳氏為皇后，長子劉禪為太子；封次子劉永為魯王，三子劉理為梁王；封諸葛亮為丞相，許靖為司徒；大小官僚，一一升賞，還下旨大赦天下。兩川軍民，無不欣躍。

漢中王

太子劉禪

劉協被貶到山陽後，皇后曹節拚死相爭，終於來到他身邊。劉協和曹節二人攜手到雲台山採藥施醫救民，雖無法與宮中生活相比，卻也成就一段佳話。百姓出於感激之情，尊稱他們為「龍鳳醫家」。

劉備的國號究竟是漢還是蜀?

　　俗話說:三分魏蜀吳。在大眾的概念裡,三國是指曹丕建立的魏國,劉備建立的蜀國,以及孫權建立的吳國。其實這是錯誤的說法,因為劉備建立的國家國號不是蜀而是漢。劉備一生都為興復漢室而努力,當東漢滅亡,曹丕稱帝之後,劉備在巴蜀又舉起大漢的旗幟,建立國號為「漢」的國家。因為該政權只在巴蜀一帶,所以後人稱之為「蜀漢」。

我的國號是漢,不是蜀,請認明正版品牌。

　　既然劉備的國號是「漢」,那「蜀國」的稱呼又是怎麼來的?要知道三國統一於晉,而晉朝因為接受了魏國的禪讓,自然是讚揚魏國並貶低劉備。身為晉朝史官的陳壽在修《三國志》時,就將蜀漢一方的人物傳記稱為「蜀書」。稱「蜀」而不稱「漢」,意思就是不承認劉備的漢國是漢朝的合法繼承,只把他當做割據蜀地的軍閥來對待。民間受《三國志》的影響,就有了三分魏蜀吳的說法。

不要爭辯了,史書是給勝利者寫的。

蜀是對我們的貶稱,我是大漢丞相。

漢獻帝究竟活了多久？

在小說《三國演義》裡，漢獻帝劉協將帝位禪讓給曹丕，宣告東漢政權的正式滅亡。此時消息傳到成都，劉備等人以為漢獻帝已經被曹丕殺害，於是素服發喪。小說寫到這裡，就不再描寫漢獻帝接下來的故事。

雖然做了一輩子傀儡，但我活的時間很長。

居然活的時間比我都長，算你贏了。

翻閱《三國志》，我們得知漢獻帝並沒有被曹丕殺害，而是被封為山陽公，並允許在自己的封國裡保留天子禮儀，建漢朝宗廟以拜祭先祖，向朝廷上書時也不用稱臣。漢獻帝很長壽，一直活到西元234年，比曹丕還多活了8年，享年54歲。歷代亡國之君多是被殺害，漢獻帝能夠壽終正寢，算是亡國之君當中命運不錯的一位皇帝。

原來劉協沒死，是我造謠了……

諡號

中國古代講究「蓋棺論定」，也就是人的功過須待死後才能評斷，於是就產生了「諡號」的文化。所謂「諡號」就是帝王去世之後，新繼任的帝王會根據老帝王一生的事蹟給他加上一個諡號。這些諡號主要為一到兩個字，或褒或貶，或讚或罵，概括了這位歷史人物的生平。

該給爸爸取什麼諡號？

拿我們熟悉的三國人物來舉例，曹操去世後，曹丕為曹操取的諡號是「武」。按照《諡法》規定：剛強直理曰武，克定禍亂曰武。縱觀曹操一生，掃除諸侯，統一北方，的確擔得起一個「武」字。曹操去世時的爵位是魏王，因為他諡號為武，又稱魏武王。等到後來曹丕稱帝後，追尊曹操為帝，所以曹操又稱魏武帝。

我克定禍亂，所以諡號是「武」。

再來看劉備，他的諡號是「昭烈」，是典型的雙字諡號。按照《諡法》規定：威儀恭明曰昭，有功安民曰烈。縱觀劉備一生仁德寬厚，鼎足巴蜀，的確配得上「昭烈」兩個字。將劉備諡「昭烈」其實是和東漢光武帝劉秀互相呼應，「昭」就是「光」的意思，「烈」就是「武」的意思。劉秀建立東漢，延續漢朝基業；劉備雖然沒有統一全國，但他立志興復漢室的精神同樣值得人們稱頌。

我有功安民，所以諡號是「昭烈」。

我的諡號是「大」。

你哪裡大？

我個頭大！

浪淘沙·北戴河

大雨落幽燕，白浪滔天，秦皇島外打魚船。一片汪洋都不見，知向誰邊？往事越千年，魏武揮鞭，東臨碣石有遺篇。蕭瑟秋風今又是，換了人間。

這是詩人於 1954 年夏遊歷秦皇島北戴河時創作的一首詞。北戴河附近正是當年曹操登碣石山，吟誦〈觀滄海〉之地。詩人觸景生情，聯想到曹操的雄才大略，文治武功。曹操在〈觀滄海〉中寫道「秋風蕭瑟，洪波湧起。」詩人在這首詞中寫道「蕭瑟秋風今又是，換了人間。」通過這種古今對比，昇華主題，讚揚中華民族改天換地的偉大功績，全詞氣勢磅礴，懷古思今。

第 6 章

劉備伐吳

為兄報仇

劉備最近心裡不想別的，滿腦子就是出兵東吳，殺掉害死二弟關羽的仇人，幫關羽報仇雪恨。一個人被仇恨完全占領心智，他的抉擇和判斷就出了問題，這就是現在的劉備。軍師諸葛亮苦勸不聽，大將趙雲實在看不下去了。

> 朕不為弟報仇，雖有萬里江山，何足為貴？

> 漢賊之仇，公也；兄弟之仇，私也。願以天下為重。

劉備這麼說，趙雲也很無奈。劉備把兄弟情意看得比江山還重，不聽勸阻，下令起兵伐吳。他任命張飛為車騎將軍，領司隸校尉，封西鄉侯，兼閬中牧。

> 孫權害了朕弟；又兼傅士仁、糜芳、潘璋、馬忠皆有切齒之仇：啖其肉而滅其族，方雪朕恨！

卻說張飛在閬中，聞知關羽被東吳所害，旦夕號泣，血濕衣襟。諸將以酒解勸，酒醉，怒氣愈加。帳上帳下但有犯者即鞭撻之；多有被鞭打死的。每日望南切齒睜目怒恨，放聲痛哭不已。

這一天，張飛報仇心切實在忍不住了，他來成都見劉備，張羅興兵伐吳。

劉備時刻都沒閒著，每天都親自上陣，在教場操練軍馬，等著報仇兵發東吳的時間。

諸葛亮引百官到教場勸導劉備，諸葛亮說，陛下剛登寶位，我們當務之急是北討漢賊曹丕啊。至於東吳孫權，我們派一個將軍去討伐就成，您不能親自去啊。劉備聽了諸葛亮和百官的話，覺得也有道理。

聽說張飛來了，劉備趕緊召見。張飛急匆匆來到演武廳拜倒在地，抱著劉備的大腿開始哭。劉備一看，三弟這是在爲關羽而哭啊，他悲從心來地也跟著一起放聲大哭。

張飛聽劉備這麼說，他是毫不客氣，表示陛下要是不顧兄弟情義不去報仇，那我去。我去是去，但以後我就一輩子不見陛下了，言外之意就是絕交了。劉備一聽，剛剛熄滅的復仇之火「騰」地一下又熊熊燃燒起來了。

張飛見大哥劉備下定決心討伐孫權，心裡高興，拜辭而去。文武百官還想勸說劉備回心轉意，劉備就把臉沉了下來。

沒人敢說話，學士秦宓直言勸諫，氣得劉備叫人推出去把他斬了。眾官都爲他求情，劉備沒辦法，決定把他暫時關在監獄裡，等報仇回來的時候再發落。

張飛遇害

卻說張飛回到閬中，下令軍中限三日內置辦白旗白甲，三軍掛孝伐吳。次日，帳下兩員末將范疆、張達入帳彙報。

張飛叫人把范疆和張達拖出去綁在樹上，在背上狠狠鞭打五十下。兩個人被打得皮開肉綻，口吐鮮血。

兩個人等於在鬼門關溜達一圈，被打得死去活來。回到營中不算完啊，白旗白甲還得繼續張羅。

卻說張飛在帳中，有點被仇恨弄得神經錯亂的感覺。他問部將是怎麼回事，怎麼感覺坐臥不安心驚肉跳的呢。部將說這是想你二哥想出來的。張飛叫人拿酒來，喝得爛醉如泥，醉了以後就在大帳裡酣睡。

范疆和張達一直探聽消息，初更時分，兩個人藏著短刀悄悄潛入帳中。他們進去先是嚇了一跳，原來張飛睡覺不閉眼。

范疆和張達緩過來以後，仗著膽子上前用短刀刺死了張飛。他們割下張飛的首級，引數十人連夜投奔東吳。第二天早上部將才發現張飛被害，再追已經來不及了。張飛去世那年五十五歲，後人有詩嘆曰：「安喜曾聞鞭督郵，黃巾掃盡佐炎劉。虎牢關上聲先震，長坂橋邊水逆流。義釋嚴顏安蜀境，智欺張郃定中州。伐吳未克身先死，秋草長遺閬地愁。」這幾句詩總結了張飛的一生。可惜英雄命短，英年早逝。

劉備晚上寢臥不安，不知道為什麼心裡慌亂。他出帳
觀看天文，發現西北一星墜地，有不祥之感。果然，
很快傳來了張飛凶信。本來是想為二弟報仇，卻落得
三弟也喪命，劉備心疼得放聲大哭，昏厥過去。

第二天，有人報告一隊軍馬趕到。劉備出營觀瞧，一
員小將身穿白袍銀鎧，滾鞍下馬伏地痛哭，正是張飛
的兒子張苞。

見劉備也跟著哭泣，群臣趕緊勸說。劉備是不吃不喝，一個勁地哭，滿腦子就想找東吳孫權報仇。他徹底崩潰了。

趕緊跟孫權那個孫子拼命吧。

劉備命令張苞打頭陣，即刻發兵。這個時候又有一彪軍馬趕來。原來是關羽的兒子關興。劉備一看關興和張苞，想起自己當年和關羽張飛結拜，悲從心來。

兩個弟弟都被孫權給害死了，我怎麼能夠一個人活著。必須要找孫權算帳！

為國為父，義不容辭！

關興

劉備手下的官員各個憂心忡忡。劉備以這樣的心態率兵去打東吳，情況不利。手下的大臣陳震出了一個主意，成都青城山西邊有個叫李意的隱者，據說他已經三百多歲了，能夠算出人的生死吉凶。

有個叫李意的隱者能夠算出人的生死吉凶，召他來給陛下算算，看陛下聽不聽。

陳震

陳震很快就把隱者李意請來。劉備開門見山，說自己和關羽張飛生死兄弟三十餘年，兩個弟弟遇害了，不知道自己親率大軍報仇能不能成功。李意告訴劉備這是天數，我可不知道。劉備一聽，那傳說你如何神通，這樣的回答我可不能滿意。於是李意畫了兵馬器械四十餘張，畫完全都扯碎，又畫一個大人仰臥在地上，旁邊一個人挖掘土埋上，上寫一個「白」字。

天機不可洩露，自己悟吧。

哪找這麼個大騙子，胡言亂語，不能相信。

李意

什麼鬼？

孫權降魏

卻說范彊、張達將張飛首級獻給東吳的孫權，把前前後後的事情都訴說了一遍。孫權聽罷收了兩人，對百官說：「今劉玄德即帝位，統精兵七十餘萬，御駕親征，其勢甚大，我們怎麼抵抗啊？」百官盡皆失色，面面相覷。

這可怎麼辦呀，快給我說說！

孫權

卻說章武元年秋八月，劉備起大軍至夔關，駕屯白帝城。前隊軍馬已出川口，這個時候諸葛瑾求見。因為諸葛瑾是軍師諸葛亮的哥哥，劉備還是給他面子，召他進來相見。

關羽在荊州的時候，孫權一直想跟他結下兒女親家。後來關羽取了襄陽，曹操寫信給孫權叫他偷襲荊州，孫權不想去，都是呂蒙自己做的主張。對了，呂蒙都死了，這個冤仇就沒了。

這話糊弄誰啊？呂蒙一個人能調動大軍嗎？

孫權說了，願意把孫夫人送回來，把荊州還給您。我們可是好親戚，一起團結對付曹丕。

孫權那個傢伙是壞人，他害了我的弟弟，我要找他報仇。

陛下乃漢朝皇叔，今漢帝已被曹丕篡奪，不思剿除；卻為異姓之親，一心去報仇，這是捨大義而就小義也。

你閉嘴！看在丞相的面子不殺你，你回去告訴孫權把脖子洗乾淨，等著我砍他腦袋吧。

諸葛瑾在劉備這苦口婆心勸說，家裡那邊的大謀士張昭卻跟孫權說，諸葛瑾這次去肯定不回來了，他就是這樣的人，投奔他弟弟諸葛亮去了。話音未落，兵士報說諸葛瑾回來了，張昭滿臉通紅，羞愧而退。

我不負諸葛瑾，諸葛瑾也一定不會背叛我的。

張昭

啪啪打臉啊，主公，算我沒說。

諸葛瑾

諸葛瑾見孫權，把事情經過說了。孫權大驚，看來一場殘酷的戰爭不可避免。正在煩惱時，中大夫趙諮表示願意去找曹丕幫忙，兩下夾擊共退劉備。

我們求人是求人，但是別太丟人。

若有差失，我投江而死，一定努力。

趙諮

趙諮連夜趕路前往許都，先見太尉賈詡，第二天見到曹丕。趙諮憑著三寸不爛之舌讓曹丕刮目相看。曹丕心裡有自己的打算，聯手對付劉備可以，對孫權示好他也願意接受，還可以封賞孫權為王，但是想打仗，得你們自己想辦法。

哈哈，你說得不對。朕的原則是不幫助東吳，也不幫助劉備。看他們互相爭鬥，坐收漁翁之利。

陛下，你封孫權為王，這不等於如虎添翼嗎？

曹丕派邢貞為使者，前往東吳封孫權為王。孫權率領百官出城迎接。那邢貞覺得自己是上國天使，入門不下車。張昭一看，邢貞太傲慢無禮了。他大怒說你再不下車就永遠下不了車了，邢貞慌忙下車與孫權相見，並車入城。忽然，車後一人放聲大哭：「我們不能奮身捨命，為主並魏吞蜀，現在叫主公受人封爵，不知道害臊嗎？」眾視之，乃徐盛也。

啊？對不住各位，我剛才腿坐麻了。

你再敢妄自尊大，就不要怕接下來永遠下不了車。

我們不能奮身捨命，為主並魏吞蜀，現在叫主公受人封爵，不知道害臊嗎？

邢貞

徐盛

❦ 劉備征吳 ❧

劉備率領七十五萬大軍兵臨城下，孫權嚇得心驚膽跳啊。周瑜後面有魯肅，魯肅後面有呂蒙，原本他們都能夠抵擋一陣，但是現在怎麼辦，曹丕只動嘴不動腿啊。此時有人請戰，孫權一看，這個人是孫桓，時年二十五歲。

卻說蜀將吳班領先鋒之印，自出川以來，所到之處，吳軍望風而降，兵不血刃，直到宜都。

孫桓率兵阻攔，劉備大軍已經到了秭歸，劉備聽說以後大怒，這麼個毛頭小孩竟然跟我來抗衡，這不是以卵擊石嗎？此時張苞和關興請戰。

關興和張苞二人拜辭劉備，會合先鋒，一同進兵，列成陣勢。

兩軍對壘，孫桓率領李異、謝旌立馬於門旗之下，見蜀營中擁出二員大將，皆銀盔銀鎧，白馬白旗：上首張苞挺丈八點鋼矛，下首關興橫著大砍刀。

呀呀，他侮辱我們！

哈哈，你們的爹都是無頭之鬼了，你們又來送死不成！

張苞大怒，挺槍直取孫桓。孫桓背後謝旌驟馬來迎。兩將戰有三十餘合，謝旌敗走，張苞乘勝趕來。李異見謝旌敗了，慌忙拍馬揮斧接戰。張苞與李異大戰二十餘回合，不分勝負。

李異

蜀

吳軍中大將譚雄見張苞英勇，李異不能勝，偷偷放一冷箭，正射中張苞所騎之馬。那馬負痛奔回本陣，未到門旗邊，撲地便倒，將張苞掀在地上。

李異急向前掄起大斧，朝著張苞腦袋便砍。忽一道紅光閃處，李異頭早落地，原來關興見張苞馬回，正待接應，忽見張苞馬倒，李異趕來，興大喝一聲，劈李異於馬下，救了張苞。關興乘勢掩殺，孫桓大敗。

次日，孫桓又引軍來。張苞、關興齊出，關興立馬於陣前單挑孫桓交鋒。孫桓大怒，拍馬掄刀與關興戰三十餘合，氣力不加，大敗回陣。二小將追殺入營，吳班引著張南、馮習驅兵掩殺。張苞奮勇當先，殺入吳軍，正好遇上謝旌，將他一矛刺死。

吳軍四散奔走。蜀將得勝收兵，卻不見關興。張苞大驚，生怕關興出個一差二錯，趕緊上馬提槍去找。

尋不數里，只見關興左手提刀，右手活挾一將。張苞問活捉的是誰。

孫桓折了李異、謝旌、譚雄等許多將士，力窮勢孤，
不能抵敵，即差人回東吳求救。

蜀將這邊見東吳兵敗，決定乘虛劫寨。爲了穩妥起
見，先叫關興和張苞各引五千軍馬在山谷中設伏，又
派小卒詐作投降，把劫寨的事情透露出去。

東吳那邊果然中計。晚上，蜀兵分兵三路殺入孫桓寨中。四面火起，吳兵大亂，紛紛潰敗。孫桓引敗軍逃走，他詢問部將：「前去何處城堅糧廣？」部將告訴他，此去正北彝-陵城，可以屯兵。孫桓引敗軍急望彝陵而走。

蜀

孫桓才進城，吳班等人追到，將城四面圍定。關興、
張苞大獲全勝，劉備很高興，傳旨大賞三軍。兩人自
此威風震動，江南諸將無不膽寒。

孫桓令人求救於吳王，吳王大驚，即召文武商議。現
在孫桓受困於彝陵，朱然大敗於江中，蜀兵勢大，這
可怎麼辦啊？此時，張昭出了主意。

可命韓當為正將，周泰
為副將，潘璋為先鋒，凌
統為合後，甘寧為救應，
起兵十萬抗拒到底。

那趕緊吧，不然
大耳賊打到家門
口來了。

卻說劉備從巫峽建平起直接彝陵界分，七十餘里，連
結四十餘寨；見關興、張苞屢立大功，內心高興。

昔日從朕諸將，皆老
邁無用矣；現在有二侄如此英雄，朕何慮孫
權！給我殺，直搗孫權老窩！

歷史上的關興和張苞都英年早逝

在小說《三國演義》裡，關羽和張飛去世之後，他們的兒子關興與張苞繼承兩人衣缽，繼續輔佐劉備作戰。在夷陵之戰當中，關興更是斬殺潘璋，奪回父親的青龍偃月刀。之後在諸葛亮北伐期間，他們英勇作戰，成為蜀漢後期重要將領。

但我們翻閱《三國志》得知，關興和張苞都是英年早逝，兩人不曾輔佐劉備伐吳，更沒有幫助諸葛亮北伐。民間之所以虛構關興和張苞的英勇事蹟，其實是寄託了對關羽和張飛兩人的崇敬，希望他們後代延續兩人的英雄傳說。

夷陵之戰中雙方的兵力是多少？

在小說《三國演義》裡，劉備為了給關羽、張飛報仇起兵七十二萬伐吳，而孫權一方起兵二十萬禦敵，最後大敗劉備。要知道三國時期，全國的總兵力加在一起也不足一百萬，劉備怎麼可能起兵七十二萬伐吳呢？《三國志》中並沒有直接記載夷陵之戰的兵力，但我們也可以通過一些細節分析出來。

不信謠不傳謠！

根據《傅子》記載：「陸遜大敗劉備，殺其兵八萬餘人。」從中我們可以知道劉備兵力大約是八萬左右。但這個數字可能包括後勤部隊，而劉備軍真實的核心參戰人數，根據孫權給曹丕的上書「劉備支黨四萬人，馬二三千匹」得知，夷陵之戰時劉備的部隊也就四萬多人，而孫權一方可能有五萬多兵力，所以歷史上夷陵之戰中劉備並沒有多少兵力方面的優勢。

張飛墓

張飛是三國時期的猛將,他和關羽都是劉備的左膀右臂。劉備起兵伐吳的原因之一,就是他的兩個生死兄弟都命喪東吳之手。我們前面說過關羽的墓一共三座,一座在湖北當陽,葬著關羽的身軀。一座在河南洛陽,葬著關羽的頭顱。一座在四川成都,是劉備給關羽設立的衣冠塚。如今的張飛墓也是三座。

魏蜀吳三國,各存我一個墓地,我才是三國的霸主。

人都死了,還在吹牛……

第一座張飛墓在四川閬中。張飛生前鎮守閬中,他被范疆、張達殺害之後,遺體就葬在此地,並在旁邊建立起張飛祠。出於對張飛的尊崇,千百年來張飛祠墓香火不斷。唐代文學家曾鞏來到閬中遊玩時,就在〈桓侯廟記〉中寫到「閬州之東有張桓侯之塚,至今已千有餘年,而廟祀不廢。」這裡的閬州便是閬中,桓侯指的就是張飛,由此可知張飛墓的具體位置。

第二座張飛墓在重慶雲陽。據傳張飛在閬中遇害後，刺客取其首級投奔東吳，行至雲陽，將頭顱拋棄江中，為一漁翁打撈，漁翁便將張飛頭顱埋葬於此。這種傳說雖不見正史，但此地卻是天下最著名的張飛廟。當年修三峽大壩時為了保護這處古跡而將張飛廟拆除，然後用原來的零件按照原貌將其遷移到高處，由此可見官方和民間對這座張飛祠墓的重視程度。

第三座張飛廟在河北涿州，涿州是張飛的故鄉，早年張飛跟隨劉備離開涿州後就沒再回過故鄉，張飛死時涿州一帶還是曹魏的地盤，張飛也不可能回葬故鄉。那麼涿州為什麼會有一座張飛墓呢？這座張飛墓是取了閬中和雲陽的一些張飛墓土修建而成的，因此民間有張飛「身葬閬中、頭在雲陽、魂歸故鄉」之說，這也表現民間對這位三國英雄的崇敬。

詠懷古跡

蜀主窺吳幸三峽，崩年亦在永安宮。翠華想像空山裡，玉殿虛無野寺中。古廟杉松巢水鶴，歲時伏臘走村翁。武侯祠屋常鄰近，一體君臣祭祀同。

〔唐〕杜甫

　　杜甫於西元 766 年寄居在今重慶夔州時，遊歷三峽一帶的古跡，他訪庾信故居、宋玉宅、昭君村、蜀先主廟、武侯祠，寫下〈詠懷古跡五首〉。這首「蜀主窺吳幸三峽」便是〈詠懷古跡〉的第四首。

　　劉備伐吳失敗後病逝夔州白帝城，人們出於對他的懷念，在夔州建立「蜀先主廟」。劉備與諸葛亮君臣會際，魚水情深，凡是有先主廟的地方，旁邊都有一座祭祀諸葛亮的武侯祠。這首詩的開篇就從劉備伐吳的歷史講起，然後通過老百姓對劉備和諸葛亮的四時祭祀，表達對這一對千古君臣的崇敬。其中也寄託了杜甫本人與飄泊生活的感慨，以及思遇明主的情感。

第 7 章

陸遜火燒連營

🌀 黃忠命殞 🌀

話說章武二年春，劉備為了給關羽和張飛報仇而起兵伐吳。武威將軍黃忠隨隊出征。

唉，朕的大將都年老了，不堪大用。

我就不服老！

黃忠提刀上馬，帶著親隨五六人到了彝陵營中。吳班和眾人把黃忠迎接入帳。

我現在雖然七十多歲，但是可以吃肉十斤，臂力驚人，可以乘千里之馬。可是陛下說我老邁了，所以我到前線來殺敵。

哎呀，老將軍您就別逞強了。

正說話間，有人來報說東吳兵馬殺到。黃忠奮然而起，出帳上馬前去迎戰。吳班等人勸說不聽，只好跟著出去助戰。

看我如何殺敵。

黃忠在吳軍陣前勒馬橫刀，單挑先鋒潘璋交戰，潘璋引部將史跡出馬。史跡欺負黃忠年老，根本沒把黃忠放在眼裡，挺槍出戰，鬥不三合就被黃忠一刀斬於馬下。潘璋大怒，揮關羽使的青龍刀來戰黃忠。交馬數合，不分勝負。黃忠奮力惡戰，潘璋料敵不過，撥馬便走，黃忠乘勢追殺，全勝而回。

敵不過，我先跑吧

潘璋

史跡

這個時候，劉備不放心黃忠，派來關興和張苞助戰。
關興和張苞見黃忠大獲全勝，勸他早點收兵回去，但
黃忠不聽，非要繼續戰鬥。

第二天，潘璋又來挑戰。黃忠上馬力戰潘璋，沒幾個
回合，潘璋敗走，黃忠縱馬追擊。

潘璋在前面跑，黃忠在後面追。追了三十餘里，四面突然喊聲大震，四下全是伏兵。右邊周泰，左邊韓當，前有潘璋，後有凌統，把黃忠困在垓㊣心。忽然狂風大起，黃忠急退時，山坡上馬忠引一軍出，一箭射中黃忠肩窩，他哎呀一聲慘叫，險些落馬。

吳兵見黃忠中箭，一齊來攻，忽後面喊聲大起，兩路軍殺來，吳兵潰散，救出黃忠的是關興、張苞。

關興和張苞將負傷的黃忠護送回來。黃忠畢竟年齡大了，箭瘡痛裂，奄奄一息。劉備聽說以後親自來看望，見他狀況不好，劉備連連自責。

臣乃一武夫，有幸遇到陛下。今年我都七十五歲了，壽命夠長了。陛下您多保重。

老將軍，都怪我啊，我那話說的不是您。

老將軍黃忠去世，劉備的五虎大將已經亡故三人，這叫劉備很是悲傷。劉備引御林軍直至猇亭，大會諸將，分軍八路，水陸俱進。水路令黃權領兵，劉備親自率大軍於旱路進發。

黃權

東吳的韓當和周泰聽說劉備來了，趕緊引兵出迎。兩軍對陣，部將夏恂挺槍出馬。劉備背後張苞挺丈八矛縱馬而出，大喝一聲，直取夏恂。夏恂見張苞聲若巨雷，心中驚懼。

夏恂剛要敗走，周泰弟周平見他抵敵不住，揮刀縱馬而來。關興見了躍馬提刀來迎。張苞大喝一聲，一矛刺中夏恂。周平大驚，措手不及，被關興一刀斬了。蜀兵一齊掩殺過去，吳兵大敗，八路兵勢如泉湧，殺得那吳軍屍橫遍野，血流成河。

少將報國

卻說甘寧正在船中養病,聽說蜀兵殺到,趕緊上馬逃跑,被一箭射中頭顱。甘寧帶箭而走,到達富池口,坐於大樹之下而死,樹上群鴉數百圍繞其屍。吳王孫權聽說以後哀痛不已,厚葬甘寧,立廟祭祀。

東吳敗軍四散奔逃,劉備下令收兵,卻沒看見關興。

關興去哪了?

不知道啊。你們有看到他嗎?

亂軍當中沒有看到啊。

原來關興殺入吳陣，正好遇到仇人潘璋，驟馬追之。
璋大驚，奔入山谷內不見了，關興找了半天肚子也餓
了，不但沒找到潘璋，自己也迷路了。

人呢？我這是
在哪啊？

關興看看天晚，幸得星月有光，追至山僻之間，時已
二更，到一莊上下馬叩門，一老者出來詢問。

我是路過的戰將，
迷路了，想跟您要
點吃的。

哦，那進
來吧。

老人家把關興引進門來。堂內點著明亮的蠟燭，中堂繪畫關羽的神像。關興睹物思人，大哭而拜，老人一聽趕緊下拜。他告訴關興，關羽在此地被尊爲神仙供奉。關興大爲感動，老人也很高興，置辦酒食招待，關興卸鞍餵馬。

三更以後，忽然聽到門外又有人敲門。老人出去一問，正是關興一直追趕的潘璋。原來這潘璋也迷路了，是來這裡投宿的。不過，他可沒有好運氣。

這真是冤家路窄，狹路相逢。潘璋見屋子裡站著關興，轉身就跑。外面天黑，關興不好追趕，不過潘璋在門口撞到一個人，這個人面如重棗、丹鳳眼、臥蠶眉、飄三縷美髯、綠袍金鎧，按劍而入。潘璋見是關羽顯聖，大叫一聲，神魂驚散。

啊！

關羽

潘璋轉身往回跑，一下子被關興堵住。關興手起劍落，潘璋
被殺。關羽的青龍偃月刀在潘璋手裡，關興也一併奪了回來。

關興殺了潘璋，把他的腦袋放在馬上，拿著父親的青龍偃月
刀往前行進。迎面遇到一彪人馬，爲首一將正是潘璋的部將
馬忠。馬忠勃然大怒，縱馬來取關興。關興見馬忠是害父仇
人，氣沖牛斗，舉青龍刀跟馬忠戰在一處。馬忠部下三百軍
並力上前，一聲喊起，將關興圍在中間。

正在危急之時，張苞率軍趕到。馬忠見救兵到來慌忙引軍撤退，關興和張苞一起追趕。

關興和張苞收兵回營，見到劉備，把潘璋的首級獻上。劉備大喜，犒賞三軍。

卻說馬忠回見韓當、周泰，收聚敗軍，各分頭把守，軍士中傷者不計其數。馬忠引傅士仁、糜芳於江渚屯紮。當夜三更，軍士皆哭聲不止，糜芳暗聽他們在說什麼。

糜芳一聽心裡大驚，趕緊跟傅士仁商議對策。現在軍心不穩，我二人性命難保。劉備所恨的是馬忠，我們把馬忠殺了，拿著他的首級去見劉備，不就躲過災難了嗎？

二人商量妥當，先備了馬，三更時分入帳刺殺馬忠，將首級割了，二人帶數十騎徑投劉備而來。糜芳和傅士仁拎著馬忠的腦袋來見劉備，祈求能夠饒過他們性命。還說之所以投降東吳，都是呂蒙詭計多端，不得已投降的。劉備不爲所動，把兩個人也殺了。

張苞見殺害關羽的兇手一一被殺，想起自己爹爹張飛的大仇未報，哭泣起來，劉備趕緊勸說。

劉備氣勢洶洶，連斬東吳幾員大將，威名遠揚。江南之人嚇得肝膽俱裂，日夜號哭。韓當、周泰大驚，急奏吳王，具言糜芳、傅士仁殺了馬忠去歸蜀帝，反被劉備殺了。

孫權也害怕了，趕緊召集文武商議。手下有人說劉備恨的人是呂蒙、潘璋、馬忠、糜芳、傅士仁等人，現在這些人都被他給殺了，只有殺了張飛的范疆、張達二人現在東吳。何不擒此二人，與張飛首級一起遣使送還，交與荊州，送歸劉備的夫人，上表求和，化干戈為玉帛。

孫權聽從了手下的建議，趕緊打造一個沉香木匣把張飛的首級裝好，再把范疆和張達綁好，派程秉為特使去見劉備。

程秉到了劉備營中，劉備看見匣子裡張飛的神色依舊，放聲大哭。張苞更是把范疆和張達給殺掉為父親報仇，但劉備怒氣未消。

書生拜大將

很多人為程秉講情，劉備才沒殺了他。程秉抱頭鼠竄，心想劉備現在是瘋了，這下沒辦法逃過一戰了。

瘋子！

程秉回來彙報，嚇得孫權沒有辦法，劉備真跟自己要玩命，求和都不行，這可怎麼辦啊，闞澤啟奏說我們有陸遜啊。

我們有陸遜啊，此人雖為儒生，實有雄才大略，以臣論之，不在周郎之下；前破關公，其謀皆出於伯言。主上若能用之，破蜀必矣。

闞澤

好！我一直都知道陸遜是奇才。

孫權力排眾議推選書生陸遜爲大都督，如果有不服從者先斬後奏。孫權命人連夜築壇完備，大會百官，請陸遜登壇，拜爲大都督、右護軍鎮西將軍，進封婁侯，賜以寶劍印綬，令掌六郡八十一州兼荊楚諸路軍馬。

陸遜領命下壇，令徐盛、丁奉爲護衛，卽日出師；一面調諸路軍馬，水陸並進。韓當和周泰等大將都不服，陸遜升帳議事，眾人勉強參加。周泰提出先救出彝陵城中的孫桓，陸遜說先不用救他，等我把劉備打敗他自然就出來了，眾將暗笑而退。次日，陸遜傳下號令教諸將各處關防，牢守隘口，不許輕敵。眾皆笑其懦，不肯堅守。陸遜聽畢，掣劍在手。

卻說劉備自猇亭布列軍馬直至川口，接連七百里，前後四十營寨，晝則旌旗蔽日，夜則火光耀天。忽細作報說東吳用陸遜為大都督，總制軍馬，遜令諸將各守險要不出。

劉備前去攻打，陸遜命令眾人居高守險，不可輕舉妄動。他觀察地形。

不久陸遜的判斷還真的應驗了。劉備把大營移到山林樹木間，陸遜大喜，引兵觀察動靜。只見平地一屯，不滿萬餘人，大半皆是老弱之眾，還可看見大書「先鋒吳班」旗號。

前面山谷中隱隱有殺氣起，必有伏兵，故於平地設此弱兵。大家不能輕舉妄動。

諸葛亮得知劉備的兵營布陣以後不斷嘆息，倘若陸遜用火攻，就要大難臨頭了。諸葛亮趕緊去見劉備，告訴他不能這樣安營下寨。

十萬火急啊！

諸葛亮

火燒連營

陸遜先派淳于丹於黃昏時分領兵前進，到蜀寨時已是三更之後。丹令眾軍鼓譟而入。蜀營內傅彤引軍殺出，挺槍直取淳于丹；淳于丹敵不住，大敗而回。

陸遜召集大小將士聽令，使朱然於水路進兵，來日午後東南風大作，用船裝載茅草，依計而行；韓當引一軍攻江北岸，周泰引一軍攻江南岸，每人手執茅草一把，內藏硫黃焰硝，各帶火種，各執槍刀，一齊而上，但到蜀營，順風舉火；蜀兵四十屯，只燒二十屯，每間一屯燒一屯。

初更時分，東南風驟起。只見御營左屯火發。方欲救時，御營右屯又火起。風緊火急，樹木皆著，喊聲大震。兩屯軍馬齊出，奔離御營中，御營軍自相踐踏，死者不知其數。後面吳兵殺到，又不知多少軍馬。劉備急上馬，營中火光連天而起，江南、江北照耀如同白日。馮習慌上馬引數十騎而走，正逢吳將徐盛軍到，敵住廝殺。劉備見了撥馬投西便走，徐盛捨了馮習，引兵追來。

哎呀，怎麼到處是火？

徐盛

劉備正慌，前面又一軍攔住，乃是吳將丁奉，兩下夾攻。劉備大驚，四面無路。忽然喊聲大震，一彪軍殺入重圍，乃是張苞，救了劉備，引御林軍奔走。正行之間，前面一軍又到，乃蜀將傅彤也，合兵一處而行。背後吳兵追至。劉備前到一山，名馬鞍山。

先去馬鞍山躲避。

傅彤

張苞、傅彤請劉備上山時，山下喊聲又起，是陸遜大隊人馬將馬鞍山圍住。張苞、傅彤死據山口，劉備遙望遍野火光不絕，死屍重疊，塞江而下。

當日黃昏，關興在前，張苞在中，留傅彤斷後，保著劉備殺下山來。吳兵見劉備奔走，皆要爭功，各引大軍，遮天蓋地，往西追趕。正奔走間，喊聲大震，吳將朱然引一軍從江岸邊殺來，截住去路。關興、張苞縱馬衝突，被亂箭射回，各帶重傷，不能殺出。背後喊聲又起，陸遜引大軍從山谷中殺來。

朕這下死定了！

嗚嗚嗚——

劉備正慌急之間，此時天色已微明，只見前面喊聲震天，朱然軍紛紛落澗。一彪軍殺人，前來救駕。劉備大喜，這個人正是常山趙子龍。這次大戰，劉備軍馬損失嚴重，他也差點被亂軍擒獲。劉備大軍的糧草器械什麼都不剩，蜀將川兵投降者無計其數。

敵軍在後，不可久遲。陛下且入白帝城歇息。

趙雲

子龍，你來得正是時候啊。

黃忠是在夷陵之戰中戰死沙場的嗎？

　　在小說《三國演義》中，黃忠在夷陵之戰時為了給關羽報仇，中了吳軍的埋伏，被馬忠一箭射中肩窩，年老血衰而亡，這也是《三國演義》裡英雄死亡時最悲壯的情節之一。然而，歷史上的黃忠是戰死沙場的嗎？我們翻閱《三國志》會發現，黃忠在定軍山斬殺完夏侯淵之後的第二年就去世了，所以不可能出現在伐吳的戰場上。歷史上的黃忠雖沒有戰死沙場，但單憑定軍山斬殺夏侯淵這一項戰功，就足以名垂青史。羅貫中在小說中，用虛構情節為這位老將軍的一生畫上了悲壯的句號。

孫夫人真的為了劉備殉情而亡嗎?

　　在小說《三國演義》裡，孫夫人被哥哥孫權騙回東吳後一直心繫著劉備。她在夷陵之戰時聽聞蜀軍大敗，誤以為劉備身亡，於是跳江自殺。羅貫中還在小說中題詩：「先主兵歸白帝城。夫人聞難獨捐生。至今江畔遺碑在，猶著千秋烈女名。」但我們翻閱《三國志》會發現，孫夫人回東吳後就沒有任何資料記載了。我們在前面說過，劉備和孫夫人的婚禮本來就是政治聯姻，沒有感情可言。劉備和孫夫人在一起這幾年沒生孩子，或許也印證了夫妻感情不好，所以孫夫人返回東吳後，這場原本就毫無感情的政治婚姻，也就沒有任何下文了。

出將入相

　　「出將入相」是中國古代知識分子最高的人生追求，即出征可為將帥，戰場殺敵；入朝可為宰相，治國安邦。在中國傳統京劇舞台上，上場的地方叫做「出將」，下場的地方叫做「入相」，由此可見「出將入相」對中國世俗文化的影響。那麼三國時期有哪些人可以稱得上出將入相呢？

這一章故事中的主公人陸遜，就是三國時期出將入相的代表人物。陸遜在夷陵之戰當中臨危受命，忍辱負重擊敗劉備。「夷陵之戰」是三國三大戰役之一，維持了三分天下的格局，憑此一戰，陸遜就能名列古今名將當中。之後，陸遜被孫權任命為丞相，協助他治理國家。凡是軍政大事，孫權都會與陸遜商議，他被孫權評為和商湯之伊尹、周初之姜尚一樣的人物。

　　蜀漢的諸葛亮也是出將入相的代表人物。諸葛亮謀畫〈隆中對〉，幫助劉備實現天下三分的功業。劉備稱帝後，諸葛亮官拜丞相。劉備去世後，諸葛亮主管蜀漢軍政大事，而後為了興復漢室，還於舊都，率軍北伐，幾度重創魏軍，最後病逝五丈原，留下「出師未捷身先死」的千古遺憾。

　　在正史《三國志》當中，除了君主之外，關於大部分人物的記載都是並傳，臣子中被陳壽單獨列傳的人只有兩位，那就是諸葛亮與陸遜，由此也證明兩人在三國時期獨特的地位。

八陣圖

> 功蓋三分國，名成八陣圖。
> 江流石不轉，遺恨失吞吳。　　　〔唐〕杜甫

　　杜甫在西元 766 年夏遷居夔州，此地江邊有八陣圖，傳說是三國時諸葛亮在夔州江灘所設。杜甫一向敬仰諸葛亮，他一生創作了大量歌詠諸葛亮的詩詞，而這首〈八陣圖〉便是其中的一首。

　　本詩首句讚頌諸葛亮的豐功偉績，以景思人，傷古懷今。尾句「遺恨失吞吳」中的「遺恨」歷來有多種解釋，有說是為劉備伐吳失敗而惋惜，有說是為諸葛亮沒有成功勸住劉備而惋惜。無論如何，這份惋惜中都有一份杜甫對自己暮年衰老卻功業不建的感慨。

　　八陣圖的故事在民間廣為流傳，小說《三國演義》就此取材，虛構出陸遜誤入八陣圖，被諸葛亮岳父指點後才得以逃命的故事。

第 8 章

白帝城託孤

八陣圖

卻說陸遜大獲全勝，引得勝之兵往西追襲。前離夔關不遠，陸遜在馬上看見前面臨山傍江，一陣殺氣沖天而起。他命令軍馬倒退十餘里，於地勢空闊處排成陣勢以禦敵軍；叫哨馬前去探視。有人回報並無軍屯在此，陸遜不信，下馬登高一看，還是殺氣騰騰。他再令人仔細探視，哨馬回報前面並無一人一騎；見日將西沉，殺氣愈加，心中猶豫，令心腹人再去探看。回報江邊只有亂石八九十堆，並無人馬。陸遜納悶，趕緊找本地人詢問。

> 什麼人把亂石堆在這裡？這亂石堆中怎麼有殺氣沖起？

> 此處地名魚腹浦。諸葛亮入川之時驅兵到此，取石排成陣勢於沙灘之上。自此常常有氣如雲，從內而起。

陸遜聽罷，上馬引數十騎來看石陣，立馬於山坡之上，但見四面八方皆有門有戶。他引數騎人馬下了山坡，進入石陣觀看究竟，部將勸說早回。陸遜剛要出陣，忽然狂風大作，一霎時飛沙走石，遮天蓋地。但見怪石嵯峨，槎枒似劍；橫沙立土，重疊如山；江聲浪湧，有如劍鼓之聲。

> 不好啦！

> 我中諸葛之計了！

陸遜想急著逃脫的時候，卻是無路可走。正在驚疑間，忽見一老人立於馬前。他跟著老人家往外走，老人拄著拐杖徐徐而行，走出石陣，並沒有遇到障礙，把陸遜平安送至山坡之上。

老人家您是誰啊？

老夫乃諸葛孔明之岳父黃承彥也。

黃承彥

回到寨中以後，陸遜嘆服諸葛亮的才華，深感自己才學不如諸葛亮。手下提議去追擊劉備，陸遜卻認為不可追擊，因為曹丕這時會有所行動。正說話間就有人來報，魏兵曹仁出濡須，曹休出洞口，曹真出南郡，三路兵馬數十萬，連夜殺來。

魏兵曹仁出濡須，曹休出洞口，曹真出南郡，三路兵馬數十萬連夜殺來。

那曹丕一定會趁火打劫。

我就知道曹丕沒安好心。

再說劉備那頭被東吳陸遜大敗以後，奔回白帝城，趙雲引兵據守。這時候馬良才帶著諸葛亮的信趕到，可惜已經兵敗。

朕早聽丞相之言，不致今日之敗！今有何面目復回成都見群臣啊！

馬良

劉備傳旨在白帝城駐紮，將驛館改爲永安宮。有人報黃權引兵投靠曹丕去了，但是他的家屬都在這裡，詢問要不要抓起來問罪。劉備說黃權也是沒有辦法，又不想投降東吳，只好投降曹丕。曹丕大喜，拜黃權爲鎮南將軍，但黃堅決不受。有人報說劉備把黃權的家屬都殺了，黃權卻否認。

黃權在江北岸遭吳兵阻擋，欲歸無路，不得已而降魏。這是朕的責任，他的家屬要發祿米養起來。

劉備和我交情深厚，不可能殺害我家人。

你就那麼瞭解大耳賊？

曹丕伐吳

曹丕問謀士賈詡，要想統一天下，是先把蜀滅掉還是先把東吳滅掉。賈詡分析說劉備是雄才，還有諸葛亮善於治國，不好打；東吳的孫權，那也是人中豪傑，尤其他現在重用陸遜，也不好打。

我叫你出招打下來，不是叫你分析為何打不下來。

只能相持，靜心等候。他們兩個有變化，我們才能尋找戰機和破綻。

賈詡

曹丕對賈詡的回答很不滿意，心想你要我在這等著，還不如不說。趁著東吳跟劉備較勁，我們偷偷派遣了三路大軍去討伐東吳，不可能戰敗啊。尚書劉曄提出自己的看法。

人家陸遜足智多謀，不可能沒有準備。沒那麼容易打下來。

什麼意思？你原本叫我打東吳，現在又改口了，雙面人啊？

劉曄

劉曄笑了，前番主戰打東吳，那是因為東吳被劉備給
打得狼狼不堪節節敗退，我們是趁火打劫，可以撈點
油水。現在不一樣了，劉備的七十五萬大軍被陸遜燒
得一敗塗地，我們再去打東吳肯定是不行啊。

閉嘴！你什麼也別說，
朕意已決，你別再反對了。

陛下，聽人
勸吃飽飯。

劉曄

就這樣，曹丕引御林軍親自接應派出去的三路兵馬。
早有哨馬報說東吳已有準備：令呂範引兵抵擋曹休，
諸葛瑾引兵在南郡攔截曹真，朱桓
引兵擋住濡須以拒曹仁。劉曄再勸，
卻被曹丕怒罵，再不敢言語了。

你敢再說話，
我就踹死你！

陛下，我再
說兩句……

這東吳有很多老將巨星隕落，但是江東英才輩出。孫權的手下大將叫朱桓，才二十七歲，非常有膽略，孫權甚是喜歡。當時朱桓鎮守濡須城，只有五千兵馬，忽報曹仁派大將常雕同諸葛虔、王雙引五萬精兵飛奔濡須城來，眾軍皆有懼色。

> 勝負在將，不在兵之多寡。今曹仁千里跋涉，人馬疲困。大家共據高城，南臨大江，北背山險，以逸待勞。別說是曹仁，就是曹丕殺來又能如何？

朱桓

朱桓意氣風發，傳令叫眾軍偃旗息鼓，整座城池像沒有人把守一樣。且說魏將先鋒常雕領精兵來取濡須城，遙望城上並無軍馬。

> 看起來似乎沒人呢！是不是聽到我常雕要來就嚇跑了？

常雕

常雕催軍急進，離城不遠，一聲炮響，旌旗齊豎。朱桓橫刀飛馬而出，直取常雕。

戰不三合，朱桓一刀斬常雕於馬下。吳兵乘勢衝殺一陣，魏兵大敗，死者無數。朱桓大勝，得了無數旌旗軍器戰馬。

曹仁領兵隨後到來，卻被吳兵從羨溪殺出。他大敗而
退，回見魏主細奏大敗之事，曹丕大驚。

曹真、夏侯尚
圍了南郡，被陸遜伏
兵於內，諸葛瑾伏兵
於外，內外夾攻，因
此大敗。曹休也被呂
範殺了。

曹丕一聽派出去的三路大軍全部兵敗，這下他總算明
白賈詡和劉曄的話是有道理的，可惜悔之晚矣。當時
是夏天，碰上大疫流行，馬步軍死了不少，沒辦法趕
緊引軍回洛陽。吳、魏自此不和。

孫權小肚雞腸，
不值得結交。

曹丕狹詐陰險，
專幹齷齪之事。

✿ 白帝城託孤 ✿

劉備整日思念關羽和張飛，終日哭泣，導致病情加重。後來眼睛昏花，看不清楚東西了。

哎呀，兩位弟弟，哥哥想死你們了。

大哥，我是二弟關羽。

我是三弟張飛。

劉備驚醒，才知道是夢。他心裡清楚自己在這個世界上的日子不多了，趕緊派使者去成都，請丞相諸葛亮速速趕來。

速請丞相。

諸葛亮接到書信，趕緊來到永安宮見劉備。劉備的兒
子魯王劉永、梁王劉理也趕來；太子劉禪把守成都。
諸葛亮見劉備病危，拜扶在龍榻之下。

陛下，您不會有事的。

劉備叫諸葛亮坐在龍榻邊上，撫摸諸葛亮後背感慨萬
千。劉備淚流滿面，抬頭看諸葛亮身邊有馬良的弟弟
馬謖在，感覺不方便，就叫馬謖回避。馬謖起身出
去，劉備叮囑。

丞相，這個
馬謖言過其實，
不可大用。你得
仔細觀察。

陛下放心吧。

見身邊沒有別人，劉備取筆寫下遺詔。諸葛亮等人哭
著拜倒，劉備叫人把諸葛亮攙扶起來。他一手擦淚，
一手拉著諸葛亮的手囑咐。

劉備接下來說出的一番話，叫諸葛亮大吃一驚。劉備
的意思是假如劉禪實在不爭氣，你就廢了他取而代
之。劉備這番話可謂石破天驚，諸葛亮汗流遍體，手
足失措，拜伏在地上不起來。劉備說的是肺腑之言，
諸葛亮更是叩頭叩得滿頭流血。

劉備請諸葛亮坐在榻上，叫兩個兒子魯王劉永、梁王劉理近前，要他們細聽囑咐。

我死之後，你們兄弟三人不可怠慢丞相，要以父親的身分去孝順他。

臣肝腦塗地，也報不完陛下的知遇之恩啊。

是！

劉備又對眾位官員說自己已經託孤給丞相，要兒子把丞相當成父親，諸位也不能怠慢丞相。劉備環顧四周，看到趙雲，叮囑他。

我已經託孤給丞相，叫我的兒子把丞相當成父親。眾位愛卿也不能怠慢丞相，別叫我失望。

陛下放心！

朕與卿於患難之中結識，一直到現在。沒有想到現在要分別了，愛卿想著跟朕的感情，一定要多多照顧我的孩子。

臣一定效犬馬之勞！

劉備叮囑文武百官完畢，駕崩離世，那一年他六十三歲。劉備駕崩，文武百官無不哀痛。諸葛亮率眾官扶棺槨回到成都。太子劉禪出城迎接靈柩，安於正殿之內。舉哀行禮畢，開讀遺詔。

今年六十有餘，死復何恨？但以卿兄弟為念耳。勉之！勉之！勿以惡小而為之，勿以善小而不為。惟賢惟德，可以服人；卿父德薄，不足效也。卿與丞相從事，事之如父勿怠！勿忘！卿兄弟更求聞達。至囑！至囑！

讀完遺詔，諸葛亮建議國不可一日無君，立太子劉禪繼位皇帝，改元建興。加諸葛亮爲武鄉侯，領益州牧。葬先主於惠陵，謚曰昭烈皇帝。尊皇后吳氏爲皇太后；謚甘夫人爲昭烈皇后，糜夫人亦追謚爲皇后。升賞群臣，大赦天下。

早有魏軍探知此事，報入中原。近臣奏知魏主，曹丕大喜。

五路兵攻蜀

曹丕一聽失去了主張，這個時候一人奮然啟奏，正是司馬懿。
他慷慨陳詞地道出進兵的理由，主張須用五路大兵，四面夾
攻，令諸葛亮首尾不能救應。共大兵五十萬，諸葛亮這回是
大禍臨頭了。

這五路兵分別是：修書一封，
差使往遼東鮮卑國，見國王軻比
能，賂以金帛，令起遼西羌兵十萬，
先從旱路取西平關：此一路也。

再修書遣使齎ㄐ官誥賞賜，直入南
蠻，見蠻王孟獲，令起兵十萬，攻
打益州、永昌、牂ㄗ牁ㄎ越巂四郡，
以擊西川之南：此二路也。

再遣使入吳修好，許以割地，
令孫權起兵十萬，攻兩川峽
口，徑取涪城：此三路也。

又可差使至降將孟達
處，起上庸兵十萬，西
攻漢中：此四路也。

然後命大將軍曹真為大都
督，提兵十萬，由京兆徑出
陽平關取西川；此五路也。

厲害，這下
諸葛亮算徹
底完了。

234　萌漫大話三國演義 4

卻說蜀漢後主劉禪，舊臣多有病亡者，不能細說。朝廷裡的大事小情如選法、錢糧、詞訟等事，都聽諸葛丞相裁處。

去世的車騎將軍張飛之女挺好，芳齡十七歲，可納為正宮皇后。

好，親上加親！

建興元年秋八月，忽有邊報說曹丕五路大軍殺奔西蜀。消息先報知丞相，丞相數日不出管事。劉禪聽罷大驚，即差近侍齎ㄐ旨，宣召諸葛亮入朝。

我去問了，丞相生病在家休息。

這都火燒眉毛了，丞相怎麼不來上班？

劉禪這下可慌了，丞相不來，如何應對曹丕的五路大軍啊。劉禪趕緊叫黃門侍郎董允、諫議大夫杜瓊去丞相臥榻前彙報情況。但是董、杜二人到了丞相府前，還是進不去啊。

第二天，很多官員又來丞相府前問候，但從早至晚不見諸葛亮出來。大家可都慌張了。

大臣們一看情勢危急，叫劉禪親自去丞相府問計。門吏見皇上駕到，慌忙拜扶於地迎接。劉禪下車步行，進到三重門，看見諸葛亮在池邊觀魚嬉戲。

劉禪趕緊扶起諸葛亮，尊稱相父，問曹丕五路兵馬前來進犯，我們可怎麼辦啊。諸葛亮大笑。

歷史上的劉備真的很愛哭嗎?

　　在小說《三國演義》中,劉備是個有名的「愛哭鬼」,動不動就哭鼻子。他打敗仗時哭,有麻煩時哭,尋求人才時也哭,在白帝託孤時更是一頓猛哭,把諸葛亮感動得不行。因此民間有一句歇後語「劉備的天下——哭出來的」。歷史上的劉備真的是愛哭鬼嗎?《三國志·先主傳》開篇就告訴我們:「劉備少語言,善下人,喜怒不形於色。」就是說劉備這個人遇事淡定,舉止從容,沒有大喜大悲。一位「喜怒不形於色」的人,怎麼可能愛哭呢?

劉備哭吧哭吧
哭吧不是罪。

　　翻閱史書我們還會發現,關於劉備哭的記載也只有五六次,分別是祭拜劉表、祭奠龐統、懷念法正、悔殺劉封,反而是曹操在正史中動不動就哭。羅貫中之所以將劉備刻畫成愛哭鬼,是因為在他筆下的劉備是古代明君仁主的代表,愛哭才能體現他的溫柔憐憫之心。

你好像哭得比我多。

你好像跑得比我快。

白帝託孤是劉備想試探諸葛亮嗎？

在小說《三國演義》裡，劉備臨死前白帝託孤，將蜀漢政權的未來還有自己兒子劉禪都交到諸葛亮手中，展現蜀漢君臣之間的絕對信任，成為千古美談。正史《三國志》中對白帝託孤的評價也很高，說劉備與諸葛亮是古代君臣至公的典範，古今都少有。但有人對白帝託孤提出不同看法，認為這是劉備對諸葛亮的試探，這種看法似乎太以小人之心度君子之腹。

首先，「識人用人」是劉備最大的優點，諸葛亮的為人劉備肯定清楚。疑人不用，用人不疑，劉備要是懷疑諸葛亮，根本就不會有託孤的戲碼上演。其次，給諸葛亮絕對的權力也是對諸葛亮的保護，使其他人不會對他造成威脅。因為劉備清楚只要諸葛亮在，就有興復漢室的希望。最後，歷史也證明了劉備託孤是成功的，劉備以他高超的政治智慧，保證了權力的平穩轉移。諸葛亮日後也以他「鞠躬盡瘁，死而後已」的精神，證明劉備沒有看錯人。

丞相，我的兒子交給你了。

主公放心，我一定做好三國第一奶爸。

白帝

　　白帝城因「劉備託孤」而聞名海內，但這座城為什麼叫白帝城呢？這就和劉備無關了。在西漢末年，公孫述割據巴蜀一帶，他崇尚白色，所以自稱白帝。而白帝城所在的夔州自古是軍事重鎮，扼長江要地，控巴蜀咽喉，於是公孫述就在這裡修建堡壘用在軍事防禦。由於他自稱白帝，所以他修建的城就叫白帝城了。

　　公孫述後來被劉秀所滅，但白帝城的名字保留了下來。到了唐代，因為當時三國故事深入人心，人們就在白帝山上修建祭祀劉備的先主廟和祭祀諸葛亮的諸葛祠，於是就留下「白帝城中無白帝，白帝城中有劉先帝」的諺語。

真正讓白帝城名氣大增的人當屬李白和杜甫。西元758年，李白因罪被流放夜郎，行至白帝城的時候忽然收到赦免的消息，詩人驚喜交加，寫下〈早發白帝城〉一詩：「朝辭白帝彩雲間，千里江陵一日還。兩岸猿聲啼不住，輕舟已過萬重山。」這首詩如今已經成為了白帝城的名篇，被廣為傳頌。

白帝城送走了李白，又迎來杜甫。杜甫在西元766年寄居夔州，暮年的杜甫寫詩已經到達了爐火純青的地步了。這一時期，他的創作達到高潮，不到兩年內作詩四百三十多首，其中有大量關於描寫三國的詩篇比如〈詠懷古跡〉〈八陣圖〉等等。因為詩仙李白和詩聖杜甫都在白帝城留下優美的詩篇，於是白帝城又有了詩城的美譽。

代孔明哭先主

> 憶昔南陽顧草廬，便乘雷電捧乘輿。
> 酌量諸夏須平取，期刻群雄待遍鋤。
> 南面未能成帝業，西陵那忍送宮車。
> 九疑山下頻惆悵，曾許微臣水共魚。　　〔唐〕李山甫

　　歷史上的劉備三顧茅廬，禮賢下士，請得諸葛亮出山，留下了「如魚得水」的美談。因此劉備這個人廣受古今有志之士的喜愛，他們也都希望能遇到劉備這樣的明主，實現自己的抱負。因為古人寫了很多讚美劉備的詩歌，這篇〈代孔明哭先主〉就是其中的代表作。

　　題目中「先主」指的就是劉備，而詩人把自己代入成諸葛亮，先是對當初劉備的三顧之禮表示感謝，又對劉備的去世表示無限的哀悼。這份感謝與哀悼，其實寄託了詩人自己思遇明主的理想情懷。

第 9 章

諸葛亮南征

丞相征南

一切都在諸葛亮的神機妙算中，蜀吳重新聯手大敗曹丕，使得曹丕暫時緩不過神來。東吳新近跟西蜀和好，巴不得不再交手打仗。所以，諸葛亮有了充足的時間強大自己。

建興三年，益州那邊出事了。蠻王孟獲起蠻兵十萬犯境侵掠。建寧太守雍闓ㄎㄞˇ乃漢朝什方侯雍齒之後，今結連孟獲造反。

呀呀，我才是王！以後就不聽劉禪他們的命令了！

我跟著孟獲反了！

牂牁郡太守朱褒和越巂郡太守高定二人沒有抵抗直接獻城，只有永昌太守王伉不肯反。現今雍闓、朱褒、高定三人部下人馬皆與孟獲爲嚮導官，攻打永昌郡。王伉與功曹呂凱會集百姓，死守此城，情況危急。

諸葛亮得到求救書信，馬上去見劉禪，要求出兵南征。

東有孫權，北有曹丕，相父去南征了，那東吳和曹丕來進攻，我可怎麼辦啊？

東吳才跟我國講和，不能有二心。若有行動，李嚴在白帝城擋著呢，他可不比陸遜差。曹丕剛剛打了敗仗，哪還有精力作戰。而且馬超把守漢中關口，不用擔心。

我怎麼心跳個不停？

臣還留了關興和張苞等分兩軍爲救應，保障下萬無一失。今臣先去掃蕩蠻方，然後北伐，以圖中原，報先帝三顧之恩，託孤之重。

您可早點回來啊！

這邊剛剛和劉禪商量好，一人出班阻攔，是諫議大夫王連。

王連再三苦勸，但諸葛亮不聽。他辭別後主劉禪，令蔣琬為參軍，費禕為長史，董厥、樊建二人為掾史；趙雲、魏延為大將，總督軍馬；王平、張翼為副將；並川將數十員，共起川兵五十萬，往益州進發。

有人來報關羽的第三子關索前來相見。諸葛亮很是驚喜，趕緊召見。原來當初荊州失陷，關索逃難在鮑家莊養病，想要赴川見先帝報仇，但瘡痕未合，不能起行。現在傷勢痊癒，打探得知仇人都被殺了，在途中遇見征南之兵，特來投見。諸葛亮一面捎信給朝廷告訴劉禪喜訊，一面馬上提拔關索為前部先鋒，一同征南。大隊人馬，各依隊伍而行。飢餐渴飲，夜住曉行；所經之處，秋毫無犯。

卻說雍闓聽說諸葛亮親自統率大軍而來，卽與高定、朱褒商議，分兵三路：高定取中路，雍闓在左，朱褒在右；三路各引兵五六萬迎敵。

於是高定令鄂煥爲前部先鋒。鄂煥身長九尺，面貌醜惡，使一枝方天戟，有萬夫不擋之勇。他領本部兵離了大寨來迎蜀兵。

卻說諸葛亮統大軍已到益州界分。前部先鋒魏延，副將張翼、王平，才入界口，正遇鄂煥軍馬。

鄂煥拍馬與魏延交鋒。戰不數合，魏延詐敗走，鄂煥隨後趕來。走不數里，喊聲大震。張翼、王平兩路軍殺來，絕其後路。魏延復回，三員將並力拒戰，生擒鄂煥。

眾人押著鄂煥到了大寨，見諸葛亮。諸葛亮笑著叫給鄂煥鬆綁，還擺上酒食款待。

✿ 反間計 ✿

諸葛亮不殺鄂煥，還說他知道高定是忠義之人，他背叛是因為被雍闓迷惑才被迫這麼做的。現在我把你放回去，你告訴高定太守早點歸降。鄂煥拜謝後離開。

鄂煥回到大營見到高定，把諸葛亮的話捎到，高定也有些感動。

第二天，雍闓來到大寨，聽說鄂煥平安無事回來了，就問高定是怎麼回事。得知真相以後，他認為這是諸葛亮定的反間計。

這時候外面喊殺聲起，原來是蜀將挑戰叫陣。雍闓親自引三萬兵出迎。雍闓大戰魏延，戰不數合，雍闓撥馬便走。

次日，雍闓、高定分兵兩路來取蜀寨。卻說諸葛亮令魏延兩路伺候；果然雍闓、高定兩路兵來，被伏兵殺傷大半，生擒者無數，都解到大寨來。雍闓的人囚在一邊；高定的人囚在另一邊。

這些被俘的雍闓軍士都嚇傻了，心裡也納悶。這到底是怎麼回事啊，人家高定的人就不殺，我們這回可倒楣了。不過一會兒，諸葛亮命令高定的人到帳前。一問是高定的人，諸葛亮就以酒食招待然後放了他們。雍闓的部下一看，我們也別送死了，趕緊撒謊吧。

諸葛亮一聽都是高定的人馬，馬上和顏悅色地赦免他們。不過，諸葛亮叫人對他們訓話。

雍闓今天叫人投降，要把高定和朱褒的首級獻出來。唉，我們也不忍心雍闓加害你們。

原來是這麼回事啊！

這些俘虜拜謝以後回到本寨，有的就來見高定，把事情說了。高定也開始懷疑雍闓，悄悄派人去雍闓寨中探聽虛實。也有俘虜跟高定說諸葛亮的品德高尚。

高定被搞得有點迷糊，分不清楚誰是好人。他一面小心提防雍闓，一面派人去刺探諸葛亮的情況。結果這探子被諸葛亮給逮住。諸葛亮將計就計，把探子認作是雍闓的人。

我寫封信，你帶給雍闓，叫他早點下手。

探子含糊答應，拿著諸葛亮寫的密信回來交給了高定，高定一看書信，真的生氣了。高定問鄂煥我們得用什麼辦法對付雍闓。

這個雍闓太卑鄙了，我真心對待他，他卻在背後陷害我！

這個好辦，可設一席，令人去請雍闓。他要是沒異心，必坦然而來；若其不來，必有異心。我主可攻其前，我藏在小路逮住他。

高定和鄂煥商量好，設宴邀請雍闓。雍闓不傻，知道來也沒好果子吃，硬是不參加聚會。

雍闓不上當，高定更加認定雍闓沒安好心。晚上，高定引兵殺進雍闓寨中。雍闓打馬往山路而走。行不二里，鼓聲響處，一彪軍出，乃鄂煥也：挺方天戟，驟馬當先。雍闓措手不及，被煥一戟刺於馬下。

高定引軍隊來投降，把雍闓的首級交給諸葛亮。諸葛亮高坐於帳上，喝令左右推轉高定，斬首報來。

來人，把高定推出去殺了。

別啊，我感謝丞相大恩，殺雍闓來投降的，應該給我立功，為什麼要殺我啊？

諸葛亮大笑，當即拿出了證據。高定一看，是朱褒寫來的獻降書，朱褒在信裡說高定和雍闓是生死之交的鐵哥們，投降是他們的計策。

那怎麼辦？要不這樣，你去把朱褒抓來，謠言不攻自破。

丞相，你不能信這壞蛋的話啊，他這是潑我髒水啊。

高定卽引部將鄂煥並本部兵，殺奔朱褒營來。離寨約
有十里，山後一彪軍到，乃朱褒也。朱褒見高定軍
來，慌忙與高定答話。

朱褒被問得不知所終，忽然鄂煥於馬後轉過，一戟刺
朱褒於馬下。高定厲聲大喊：「如不順者都殺掉！」於
是眾軍一齊拜降。

高定引兩部軍來見諸葛亮，獻朱褒首級於帳下。諸葛亮大笑，誇讚高定和鄂煥一番，遂命高定爲益州太守，總攝三郡；令鄂煥爲牙將。三路軍馬被諸葛亮輕而易舉平定了。

永昌太守王伉出城迎接諸葛亮。諸葛亮入城已畢，問王伉：「誰與你一起守此城，以保無虞？」王伉回答說出此人名叫呂凱。這呂凱果然不是凡人，拿出一圖交給諸葛亮。

現在我想平定南方，你有什麼高見？

我知南人欲反久矣，故密遣人入其境，察看可屯兵交戰之處，畫成一圖，名曰〈平蠻指掌圖〉。

初擒蠻王

有了這張作戰地圖，諸葛亮大喜。於是他用呂凱爲行軍教授兼嚮導官。

平蠻指掌圖

諸葛亮提兵南進深入南蠻之境，正行軍之時，忽報天子差使者至。諸葛亮請入中軍，但見一人素袍白衣而進，這個人是馬謖。他的哥哥馬良才過世不久，因此掛孝。

奉主上敕命，賜眾軍酒帛。

我奉天子詔，平定南方，你有什麼高見？

馬謖見諸葛亮向他請教，慷慨陳詞。聽馬謖這麼一說，諸葛亮很是佩服，現在他已經全忘了當初劉備對馬謖的看法。他封馬謖為參軍，統大兵前進。

卻說蠻王孟獲，聽知諸葛亮智破雍闓等，遂聚三洞元帥商議。第一洞乃金環三結元帥，第二洞乃董荼那元帥，第三洞乃阿會喃元帥。三洞元帥入見孟獲，於是分金環三結取中路，董荼那取左路，阿會喃取右路，各引五萬蠻兵，依令而行。

卻說諸葛亮正在寨中議事，忽哨馬飛報，說三洞元帥
分兵三路到來。諸葛亮聽畢，即喚趙雲、魏延至，卻
都不分付；更喚王平、馬忠至。

現在蠻兵分三路而來，
我想派子龍、文長去；
但他們地理不好，我不
敢用他們。

王平可往左路迎敵，
馬忠可往右路迎敵。吾
卻使子龍、文長隨後接
應。今日整頓軍馬，來
日平明進發。

趙雲和魏延一看，這也沒他們的事啊。諸葛亮又吩咐
張嶷、張翼。

不知道啊，是
說我們地理知
識不合格？

丞相這是
啥意思？

汝二人同領一軍，
往中路迎敵。今日整點
軍馬，來日與王平、馬
忠約會而進。

趙雲和魏延心裡不悅，諸葛亮還一個勁地解釋，說不是不用你們兩個，只是你們不熟悉地理，沒有辦法去打仗。

趙雲請魏延到自己寨內商議，說我們是先鋒，他卻說不識地理所以不用我們，這不是看不起我們嗎？不如我們悄悄去殺敵，看看是什麼情況。

趙雲和魏延上馬，行不數里，遠遠望見塵頭大起。二人上山坡看時，果見數十騎蠻兵縱馬而來。二人兩路衝出，蠻兵見了大驚而走。趙雲、魏延各生擒幾人，回到本寨，以酒食待之，卻細問其故。

前面是金環三結元帥大寨，正在山口。寨邊東西兩路，卻通五溪洞並董荼那、阿會喃各寨之後。

趙雲、魏延聽知此話，遂點精兵五千，叫擒來的蠻兵引路。起軍時已是二更天氣；月明星朗，大家趁著月色而行。

剛到金環三結大寨之時，約有四更，蠻兵方起造飯，準備天明廝殺。忽然趙雲、魏延兩路殺入，蠻兵大亂。趙雲直殺入中軍，正逢金環三結元帥；交馬只一合，被雲一槍刺落馬下，就梟其首級。餘軍潰散。

魏延殺奔董荼那寨來。董荼那聽知寨後有軍殺至，便
引兵出寨拒敵。忽然寨前門一聲喊起，蠻兵大亂，原
來王平軍馬早已到了。兩下夾攻，蠻兵大敗。

趙雲引兵殺到阿會喃寨後之時，馬忠已殺至寨前。兩
下夾攻，蠻兵大敗，阿會喃乘亂走脫。

衆人各自收軍，回見諸葛亮。諸葛亮問曰：「三洞蠻
兵，走了兩洞之主；金環三結元帥首級安在？」趙雲
將首級獻功。眾皆言：「董荼那、阿會喃皆棄馬越嶺
而去，因此趕他不上。」諸葛亮大笑曰：「二人已擒下
了。」

董荼那、阿會喃
皆棄馬越嶺而去，
因此趕他不上。

已經抓到
他們了。

趙、魏二人並諸將皆不信。少頃，張嶷解董荼那到，
張翼解阿會喃到，眾皆驚訝。

看呂凱圖本，已知他各人
下的寨子，故以言激子
龍、文長之銳氣，故教深
入重地，先破金環三結，

隨即分兵左右寨後
抄出，以王平、馬忠
應之。非子龍、文長
不可當此任也。

吾料董荼那、阿會喃
必從便徑往山路而走，
故遣張嶷、張翼以伏兵
待之，令關索以兵接應，
擒此二人。

丞相機算。

神鬼莫測！

孟獲究竟是不是南蠻王？

　　孟獲是小說《三國演義》裡的南蠻王。劉備去世後，孟獲在雲南一帶造反，之後被諸葛亮所降服。但我們細究歷史會發現，孟獲並不是這場戰爭的主要作亂者，南中作亂的主要首領是雍闓和朱褒。雍闓是南中的豪族，很有實力；朱褒是蜀漢的牂牁太守，很有野心。劉備去世後，兩人串聯謀反作亂，而孟獲是雲南地區的少數民族首領，於是起兵回應雍闓。所以歷史上的孟獲並不是南蠻王，只是這場作亂中的參與者。

我是南蠻王，大家跟我走！

只不過是一個小弟在玩家家酒，不用害怕。

饅頭的來歷居然和諸葛亮有關？

　　「饅頭」是很多人喜聞樂見的食物之一，中國人吃饅頭的歷史至少可追溯到戰國時期，但「饅頭」這個名字的起源，卻和三國時期的諸葛亮有關。據說，古時南蠻地區有用人頭祭祀神明的風俗。諸葛亮平定南蠻之後，決定去除這個陋習，便讓人以米麵為皮，內包黑牛白羊之肉，捏塑出人頭的模樣，用來祭祀蠻地之神。三國時期將雲貴之地的居民稱為蠻人，這種食物就被稱為「蠻頭」了。久而久之，這個名字經過口耳相傳，演變為今日的「饅頭」。

今天請大家吃饅頭。

吃蠻頭？要吃我的頭嗎？

不要擔心，
是吃真的饅頭。

七擒七縱

「七擒七縱」是一個著名的民間成語，講的是三國時諸葛亮出兵南方，將當地頭領孟獲捉住七次又放走七次，最終將孟獲感化，使他心悅誠服的故事。但這個故事在正史《三國志》並沒有記載，而是只用一句「三年春，諸葛亮率眾南征，其秋悉平」一筆帶過。

被抓了七次放了七次，太沒面子了

只要最終歸降，就是好同志。

等到裴松之為《三國志》作注時，引用《漢晉春秋》中的一則史料：「七縱七擒，而諸葛亮猶遣孟獲。孟獲止不去，曰：公天威也！南人不復反矣。」的記載，這便是「七擒七縱」的最早出處，不過《漢晉春秋》裡並沒有記載詳細的故事。

拜拜，再也不造反了。

而小說《三國演義》裡，羅貫中為我們編寫出「七擒七縱」的詳細劇情，如火燒藤甲兵、打破巨象兵，並以孟優、兀突骨、祝融夫人、木鹿大王等虛構人物豐富了故事。因為《三國演義》的流傳度甚廣，也讓「七擒孟獲」成了人們耳熟能詳的故事。

　　「七擒孟獲」雖然多為虛構成分，但這個成語代表中國人自古以來推崇「以德服人」的美好品質，因此被廣泛使用。《三十六計》中就有一計名叫「欲擒故縱」，展現的就是心理戰中反向思考的絕妙智慧。

攻心聯

> 上聯：能攻心則反側自消，自古知兵非好戰。
> 下聯：不審勢即寬嚴皆誤，後來治蜀要深思。

「攻心聯」是成都武侯祠內的一副名聯。

根據《三國志·馬謖傳》記載，諸葛亮南征之前曾詢問馬謖計謀，馬謖說：「南中山高路遠，不便征討。蠻人反復無常，不服王化，如果用武力平定，只是暫時的，只有收服人心，才能讓他們永遠不做亂。」諸葛亮聽從了馬謖的建議，這才有了後來的「七擒孟獲」。

這副對聯的上聯「能攻心則反側自消」，說的便是這條著名的「攻心計」，以此警示用兵者，戰爭的目的不是征討而是安撫。下聯的「不審勢即寬嚴皆誤」，告訴執政者治理國要審時度勢，不可執意蠻幹，否則將鑄成大錯。

這副對聯的作者是清代西蜀名士趙藩，據說他為了告誡當時的四川總督岑春煊，於是在武侯祠前寫了這副對聯。這副「攻心聯」表達對諸葛亮的讚美，又展現出對治政用兵的智慧，受無數人稱頌，因此被稱為西蜀第一名聯。